給生活撐起一葉舟

林夕

enlighten & fish 亮光文化
林夕心簡 ▌ 給生活撐起一葉舟

台版代序——一葉舟

滑落
像幽浮降落
比流星詭譎
可就是沒人趁機許願

沒什麼好感慨的
葉告別枝
那麼久的牽繫
從來只停滯在同一個定點
終於
各有自己去向
超越本來出身

掉地上的無須羨慕流蕩
就躺著
感受土壤的溫度
落水的不必妒忌安穩
就漂著

漂著　漂著
離開同溫層
否決掉所有所在　本來
再沒什麼應該　不應該

如此薄薄一片小舟
沉下去的終必浮上來

這是體質所命定
浮萍從不擔心溺水

所謂浮浮沉沉
不是負面詞
只是事實陳述

既然浮是常態
難得潛沉沐浴淨身
難保變動變嗜好

所以害怕過冒險的有福了
原來所謂沉淪可以很有趣

像潛水之後
仰視日月星在天空
播放幻燈片
忽而定格突然快進

於是怯於變化的有福了
以眨眼為單位
目擊風快慢高低
東北南西
看多了　未知才是趣味

錯怪過　風
打臉與吹落

如今要珍惜
浪　成全
刺激有時
有時愜意
隨波浸淫經歷
逐流轉移眼界
用生活的變幻
給生命拍板

一葉舟
一趟無為而無畏的旅程
重新定義
風風浪浪

浮浮沉沉
往後可以向世界說
曾經目睹過北斗
疾速竄流像流星

那個月黑風高的夜晚
特別適合許願

寫於二零二四年一月十六日

新版序 — 給生活撐起一葉舟

給

「給」，不必經他人之手。作為動詞的話，授予這動作主語受詞都可以是自己。

生活

生存只是活著，至於怎麼樣活著，就是過怎麼樣的生活。

雖然先有生存，後有生活，但是活生生的生活過得死氣沉沉，不只雖生猶死，甚至會影響生存能力。

撐起

有生存意志，也要有生活意志。要活出生氣，的確需要撐住不似預期的遭遇、以為命定的前景，在洪流中撐起一葉輕舟。

一葉舟

張三豐《無根樹》唱道：「浮生事，苦海舟，盪來飄去不自由。」如果生活是海，人是舟，如果不甘心就這樣盪來盪去，盪來盪去，何不主動撐起一葉扁舟，順風而逆浪，想著找這想去的地方。在脱苦海之前，至少還有避免沉沒溺斃的自由。

永不沉悶

曾經豪言，想我悶？很難，永不。

不因為之前幾十年忙得沒時間沉悶，不因為我比較僥倖，工作剛好也是嗜好，是因為我嗜好愛好喜好太多，而且不斷懷舊貪新。

我作為一條鯨魚的生活

在被人說成是非人生活的那些年，工作就像洪水不斷湧來，只要抬頭遠看就是無止盡的海水，而我沒停止過泅泳。

淹沒了，要淹沒了，即使是所做的都是所愛的，也常常有呼吸不過來的感覺。被自己的選擇弄到瀕臨窒息，這種犯賤沒資格有怨言，而且不曾埋怨過。

更犯賤的是同時從事著三種工作，不算上班的日子，專欄與歌詞就要用上不同的腦袋，連腦汁都要在不同部位壓榨，的確是非人生活。是的，我是把自己活成一條抹香鯨，為生存，時不時浮上水面，在另外一個世界呼吸，在水底懸著睡幾個小時。如此這般，生存與生活合體。

更犯賤的是，原來正是另一份工帶來新鮮空氣，例如，開會。寫完了感觸完了，睡沒多久，又跳到會議室，在那裡有營銷策略、有市場心理、有社會議題，精神一刻不得鬆懈，精神也因為環境心態切換，重新振作起來。

這當下，世界不只是旋律、押韻、金句。

還有再犯賤的是，寫歌詞也會在另一台電腦看新聞盯著立法院直播，提供專欄養分。要說負能量，莫過於時事，很少有新聞成為好事，吸飽了那些人所做的「好事」，還要解剖出來觀察檢驗，再嘗試用沒人用過的角度來寫這些專欄。腦補了所謂的負能量，反芻出來的，算是負負得正吧。

自覺盡了一點點社會責任，為不平事生氣之後，又活得有生氣。

這當下，世界不只節目名稱、宣傳口號、歌名。

我改造的三葉舟

在壓抑到不行的生活裡，要撐起一葉舟。不止一葉，我有三葉。三個板塊壓過來，我卻把板塊砌成移動的城堡，開發更大的小宇宙。

本來是三塊石頭，因為有趣的事情不會覺得是負累，於是生出三葉輕舟，還會互相撐著補養著。

我看得最多閒書雜書就是在想不出歌詞的時候，邊看邊透氣邊換腦洗心邊搜尋靈光。很多時候靈機一觸，不一定跟那本書有直接關係，例如看犯罪心理，啊，用一個渣男作為加害者的心理出發，好，可以寫了。

有時候寫完有關人格分裂障礙的文章，等等，這個如果套用在歌詞裡面，好，來吧，於是又尋找更詳細的資料，開始構想。

只是一點花火，蠟燭就亮起來，這樣子的蠟燭兩頭燒，倒是好得很，有火、有光、有熱，還想怎麼樣呢？還說甚麼窒息呢？

在非人生活中活出人模人樣

以上。抹香鯨的非人生活，需長期訓練，請別模仿。在非人生活要活得人模人樣，通常，一葉扁舟就夠了。

給自己在洪流中尚有暢遊一刻，一萬個人有一萬種葉。

只要你還會對這不盡人意的世界保持好奇，總有一片葉，讓你揭開生活新一頁。

對我來說，萬物皆有趣，在富士山下愛好轉移中，萬萬也想不到在我這年紀，寫過聽過那麼多歌，沒麻木就算了，竟然還有當骨灰粉的一天。

那一頁，竟然翻篇到BTS

那片葉，就是BTS。以前只追韓劇，那是另一片葉，對韓團卻無感；本是同根生，相通何太急？淡出有時、入坑有時，一切只出於好奇，甚至好學。

韓團唱韓文歌憑甚麼可以橫掃英語世界甚至歌迷全球化？這關乎文化、商業策略；開始時是用研究的心情，也學一點韓文，聽他們看他們，還看了好幾本他們成功之道的書。看著聽著，這就令我吃到從未接觸過的精神食糧。

BTS讓我成為ARMY，也誘惑了我擁有兩個第一次。第一次每天跳一場千萬別有觀眾的舞，終於體驗甚麼是聞歌起舞，一輩子第一次會手舞足蹈，不怎麼運動的我也動起來，感受到血氣通暢的快感。

第二個第一次，是他們在首爾開演唱會，在台灣的戲院上映線上同步直播。以前都是人家送我的票邀請去看演唱會，這次親手在公布消息後趕著上網搶奪門票。開場前幾小時，興奮得心跳。

這緊張痛快，像個小孩，出發到戲院時深怕迷路就錯過了家門一樣。

這帶著理性的狂熱，不是刻意點火就能燃燒起來的。

這返老還童，剎那回春的喜悅，要感謝的首先是本人，感謝我花心，不愛則已，一愛沉迷，怒氣攻心時，也有心花怒放的出口。

自己的方舟自己造

之所以能撐起這豪言，全靠做一個有趣的人，無趣的人事物也會被一個有觀察強迫症的人看到有趣。所以我有信心，即使沒有電腦手機在身，看不了新聞，我就想某宗斬人案兇手的心理狀況。

看不了電視劇電影，我就在腦海中寫影評，設計不同的結局。聽不到音樂，更簡單，無聲哼著。

好多次候診時等著，我沒有枯坐著浪費生命，都想這想那，想到悶？OK，用看過探案實錄的心得，看人，閱讀其他病人的身體語言，評估他們的病情，與陪診的人是甚麼關係，有多親近。多有趣，這就是醫院低沉氛圍中的出口。

永不說永不？OK，即使在無人無物的密室裡，不時思考何謂永遠，如何永不，真正永遠延續的是人還是物件，想開來，心也全開，何來沉悶？

在疫情猖獗，陰霾蔽日之時，每個人在未知的茫然、預知的悲觀中，是逃避也好，重新出發也好，都需要在心理上找一個出口，甚至只要在暗室中看到出口的告示牌，焦慮惶恐即時丟落身影背後。

自己的生活自己過，自己的方舟自己做。

撐起來的那片葉：

沉重點，可以是直面現實後解咒的成就感；

便宜點，可以是八卦名人八出人性大觀的快慰；

隨性點，可以是美麗的東西總不可碰但看到美學的愉悅；

更簡單一點，可以是龜背芋枯黃後重新長出新苗的驚喜。

甚麼？驚喜那麼嚴重？會的，只要你有用心打理過花花草草，有心人自然驚歎生命奧妙，為心血延續而歡喜。

要知道，葉子會蒙塵，得定期擦拭，否則會堵住細胞進行光合作用。

做一個知情人士，識得為葉子抹塵的情趣。仍懂得童趣，自會感化成有趣的人。所以，有趣的人有福了，葉子唾手可得。

得了，一起撐起一葉舟，愛上細水長流吧。

等到春天才死吧

甚麼？你勸我等到春天才死？
不，看著一朵花我只看見凋謝
看它可以活在花瓶多久

萬物生長，我才會有力量有希望？
不，你以為我捨不得花季然後習慣等待？
抑或暗喻人生燦爛過就可以赴死？

如果因為春天，我有花粉症害怕潮濕討厭迷霧
如果因為花，春櫻夏荷秋菊
我只喜歡雪花

如果我厭世不因為世界醜陋或荒蕪
不要為了淺薄的比喻而污衊冬天
別以為每個人都一樣
一樣活在熱帶而不愛避暑

一切只因為有愛還有怕
怕熱畏寒怕冷忌濕所以更怕死
也可以說怕酷熱而怕得要死
道理怎麼都說得通每個人都懂因此無用

好在你不是哲學家而是如草芥般的阿嬤
對我滿身灰燼
在你一片灰裡戮力掏出你所沒有

而我也無感的一點紅

所以我不想死了
只有活著
才能感受他人的體溫
在我僵硬的心綻開冰裂紋

如果要死
等到我們超越春夏秋冬才死吧

寫於二零二三年六月二十七日

知情識趣

我的「知情識趣」理想版

知情識趣——

用法一：世足賽期間，足球迷冷落了足球盲伴侶，球盲不但不抱怨，還每晚熬夜，擠在伴侶旁邊電視機前不懂裝懂，這就叫知情識趣。

用法二：密室談判中，籌碼較多的一方，一腳踏在桌上，頭顱向前傾，吐出一句：「我勸你還是知情識趣點，否則……嘿嘿。」

如果知道了認識了一點情趣，會落得委曲求全，知識還有甚麼情趣可言。

不如把早有定見如幽魂附體的四字詞肢解。

知

字典說：知，即認識/了解。那到底是認識還是了解？對我來說，如果認識一個人，就等於了解一個人的話，「帶眼識人」大可從字典中刪掉。

識

「知」的連體嬰，據說知識改變命運，那麼，見識又改變了甚麼？見識讓我想起佛家所說八識：眼識、耳識、鼻識、舌識、身識、意識、自我意識、潛藏意識。每一見識，都會落在識田如種籽，種出苦瓜或是玫瑰。

情

情為何物？如果感情是物件就比較好處理了。情字也太濫了點，除了感情，還有心情、詩情、國情、物情、最有趣的事情。可能凡事皆有情，不同情況有不一樣內情。

趣

情比趣沉重多了，趣比情輕薄，沒甚麼負擔，但一個人若了無生趣，就比無情嚴重多了。好在世界那麼大，無論與己有關無關，不管大小悲喜，一人一事一物其實都可以有趣無趣，有趣到成為興趣，得到樂趣，再去到升級版：情趣，那才是我心目中「知情識趣」的理想版。

好的，把這四個字重新洗牌，可以砌出「知趣識情」、「識趣知情」、「情識趣知」、「趣情識知」，哪副牌最有看頭？

我只知道，並意識到，知識可以很有趣，從知識中培養出情趣，而情趣沒有一些知識傍身，也只是有趣而無情。要活出生趣，識、情、知、趣，一個字都不能少。

目次

第三章

此際笑一笑

第四章

胡言後聽你亂語

第五章
若回憶偶爾活現

第六章
尋常像天要下雨

第七章

彼此都處身洪流

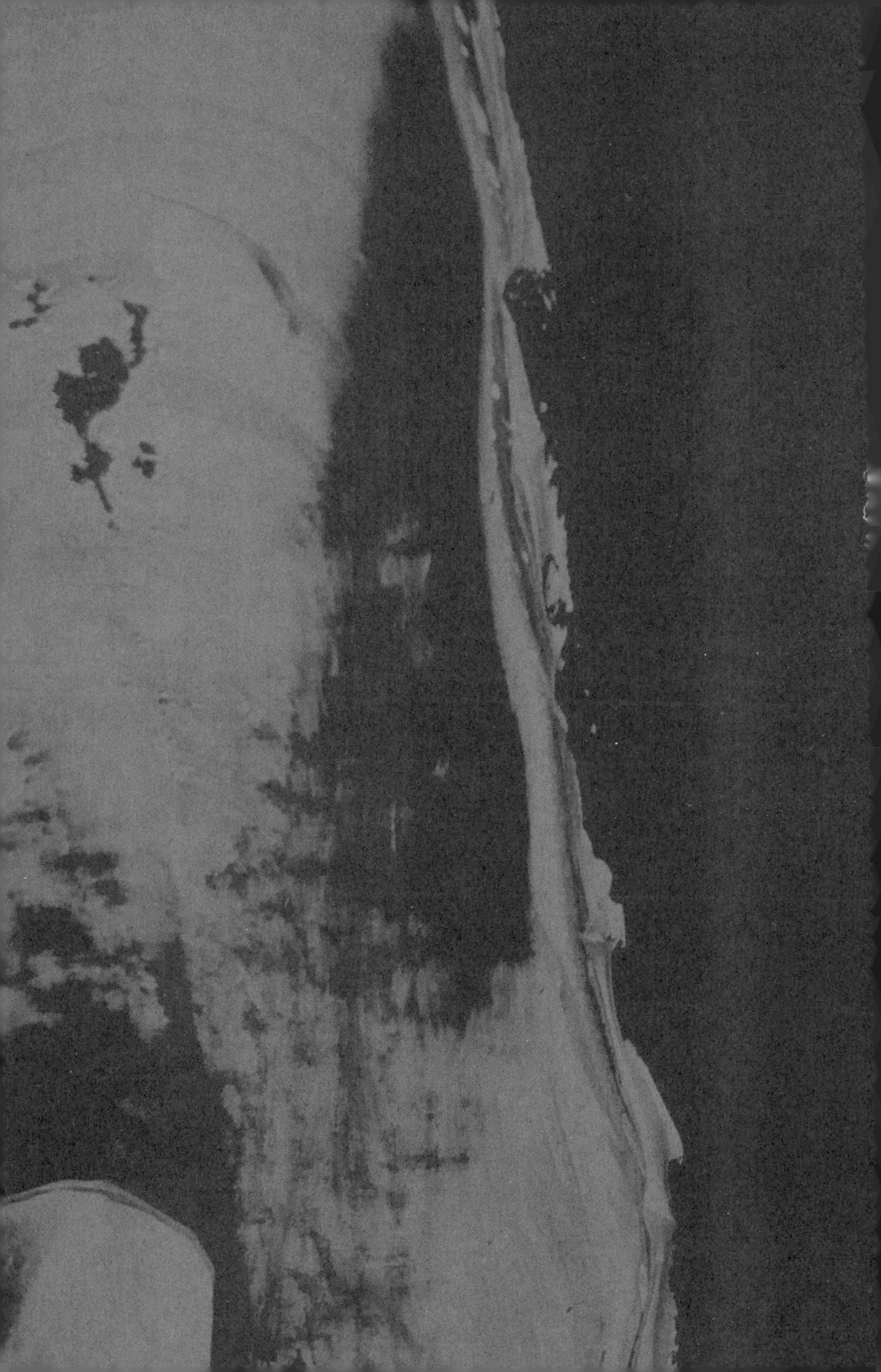

第一章

在復原後走得很遠

活著，等你

等不等那天
其實
也就站著坐著睡著吃著
學著
在不正常氣候下
活著
像一個正常人
以便終於見著你時
能用吐人語的
嘴唇
吻你

暴風如此大
而我們有家
所以等著毫不吝嗇說一聲
大家

你和我依然
進出同一道門
所以等著自然而然跟你說
我們

有人說我癡
傻的
我一直如此活著
等不等
不等也等於在等

運。命

認命之前
先認清自己吧
既然看法可以決定你
活在世界哪一個平行時空

在世界改變你的命之前
別以為一條命足以改變世界

沒有生來的賤命
只有脆弱的浮萍
沒有不可拚的命

只有卑賤的心境

不要臉的話命比較長
還要臉皮的生命體
比較像一個人
想要命的話
先保住顏面再說吧

所以啊
別忙著惜命
嘗試運走自覺不濟的運
氣你氣不過的處境吧
只有血性才能換命

未能無動於衷的話
動起來
命就活過來

所謂命運命運啊
其實運在命之前
都不知道自己的命之所繫
怎麼好意思認啊

不需要命書

當　害怕有朝一日
恐懼已經存在
那一刻也
提早到來

因為害怕會
所以就會
情緒不是因
卻很會結果

正如憂鬱
憂心會有鬱結
憂慮就開始打結
像小偷一樣
看著別人的日記
記載的卻是自己
一頁一頁
就這樣按著猜想
成真

不需要甚麼命書
在很想知道明天將會發生甚麼
的時候

緊張　懸疑
已經決定了
劇情將會發展成
一個人
驚慄劇
的一生

心田

如果說「心窗」、「心扉」有一陣陳腐氣，也許還有別的詞語可以取代，像「心田」，還有甚麼比「田」更能形容人心的奧妙。

心的確就像塊田，放過甚麼進去，都會播下種子，或早或晚，在條件成熟時種出果實，或甜或苦，或綠樹成蔭，或芒刺滿地。心念一動，即如撒種，有時連收了成也毫無知覺。

一般的田，種瓜得瓜，種豆得豆，只有心田會變戲法，同一樣的東西，放進不同人的心裡，有不同的因緣，得出不一樣的結果。被人傷盡了心，有人會種出枯木死灰，有人會種出横練不死身，堅毅如松。挨了一頓罵，吃了個耳光，心裡留下了疙瘩，有人會生出以暴易暴之心，有人會失去了自尊心，生出了自卑感，也許，有人會從最初深深不忿，慢慢消化之後，體驗到暴力令人如何難受，施與受者同樣成為火宅之人，興許會生出一顆同理心。

那天看一篇寫跨代貧窮的文章，說倘若一家之主無業又無賴，母親則不做飯不管事，不打麻將便打罵子女，在這樣的環境中長大的孩子，會變出怎樣的個性，還能有甚麼前途。成長的環境也是一塊田，在如此不堪的土壤，就一定開不出花來嗎？

孩子的眼睛看著些難看的景，就只會得出一樣的心境？為甚麼不可能因為自小就知道快樂是如何失去的，以後更懂得幸福是怎樣煉成的。不指望旁人的呵護，於是比誰都活得更強壯。屎一樣的童年往事，在泥土中醞釀發酵，說不準就培育出不讓別人重蹈自己覆轍的心。每個人活到甚麼田地，最重要的可能是心田的耕耘法。

吃過飯了沒有？

每一條即將息勞歸天的魚兒，即使沒有滿身霉菌，在水族箱中游姿必然有異，光憑這個，就可以預知牠命不久矣。這是長期觀察得來的經驗，可最近才發覺看魚之彌留景況，還是漏看了一條。

有一條神仙魚，早已霉菌滿身，眼神呆滯，活脫脫就是所謂死魚眼，也再沒有游姿可言，只是隨缸內水流浮沉飄流，將之打撈，就在這一兩天了。然後，奇景出現了，當我如常把魚飼料撒在水面，其他沒事的一擁而上之餘，這垂死中的生命，忽然再現生命力，魚眼珠再次向水面轉動，歪著身軀左搖右擺，誓要分得那一口浮糧，吃的本能，並沒有隨身體機能衰敗而消失。我甚至不敢判斷牠是否真的命懸一線，因為從牠雀躍地搶吃的朝氣，又怎能相信，牠再一個小時不到便真的死去了。

魚之將死，其吃也重。魚無知，不以吃為保持生存下去的條件，只是無意識的一直吃到死，活一天吃一天。看著這食物令死魚眼迴光返照的場面，不得不想到「戀愛大過天」是假，「民以食為天」才是古今不易的真相。

人比魚多了一點點思想，於是，有了高一點點的需求，但回歸到最原始本能，還是吃飽了再算，吃飽了才有條件與心思大講天文地理。

過去每次有家庭聚會，總認為是一家人難得交流的好機會，可每每在一片喧鬧聲中，母親都不停在話題之間打岔，為的就是勸食，勸每個人吃點這個吃點那個，差點就像「起錨」般成為一句教人不耐煩的口號。有一次，甚至引起一場小衝突，都因為我忽然講起理論來，說聚在一起光光為了吃飽，連話都講不上半句，是不是有點可惜？

我們非魚，不知魚之樂，樂於簡簡單單，吃飽就好，一家人好好吃一頓，就吃出幸福感。也忽略了最原始的關懷與愛，有時真沒那麼複雜，像我母親一代，看著我們吃的樣子，就老懷安慰。至於像那條神仙魚面對的掙扎浮沉之苦，對老人家來說，是太遙遠也太虛晃了，還能吃還想吃就萬事大吉。

一直以來，跟母親通電話，她第一句問的，就是：「吃過飯了嗎？」現在我再不會不耐煩，她能關心到的範圍與重點，在吃得飽吃得好，是好事，讓我也覺得，其他種種，都輕於鴻毛，不足為患。有次向她報告近況，首先說我的狗狗死了，她嘆息一聲後，便問：那你現在吃過飯了嗎？然後我再說之前檢查眼睛，眼角膜出現了很多破洞，用雷射補了上百針，她開始翻臉，怪我這樣的事到現在才對她說。我把握時機，不失幽默地反擊，說上次聚餐時我有報告，只是你不斷勸食，然後姊妹們都忙於表示會自己動手夾想吃的，鬧成一片，原來沒有人聽到我眼睛出了這小毛病。

母親繼續追問關於眼睛問題，這回輪到我對她說：沒甚麼啦，我吃過飯了，你呢？

一念之差一時之氣？

報載，一對夫妻在商場用膳，邊吃邊討論女兒升學問題吵起架來。報載，妻子激動間對丈夫說了信不信她會把女兒扔下樓去之類的話，然後丈夫回了一句你敢便扔下去，然後，便再添一宗先殺子女再自殺的新聞。報載至此，除了證實事主並沒有精神情緒病記錄之外，便沒有更多資料提供。

還有甚麼想知道的呢？當然有，這些不足為外人道的細節，家家有別的難唸的經，公開得越多，才能以解讀悲劇去化解悲劇。

很想知道在妻子放出狠話之前，那場吵架有沒有觸及與女兒升學無關的話題，那些話又是否夫妻間累積已久的新仇舊恨，那些不快是來自長期相處問題還是發生了個別事件，以致在一個比較理性的子女學業討論裡，會由討論變成爭執，爭執到一方以死相逼的地步。

很想知道對女兒升學選擇的分歧，重點在哪裡？夫妻倆的感情是否早已出了問題？他們愛女兒嗎？如果談不上愛，還會為升學選擇之爭爭到歇斯底里？抑或是因傷成毒，在過去不同爭吵的話題中，女兒的學業前途是分歧的臨界點，是看對方不爽的爆破點？

想知道這些細節，是不甘心類似事件發生後只落得一念之差一時之氣那麼簡單，簡單得令人驚訝瞬間情緒失控的力量，足以把一段長久關係來個網破魚死，眾敗俱傷。既關心女兒的明天，又因為丈夫不同意自己的選擇，反而即時奪去所關心女兒的以後。做出這超乎常理之事，一時之氣，大概也是一個睡火山累積已久爆發出來的氣，或是不斷擦槍走火終於忘了自己在做甚麼又做了甚麼。

總相信凡事有前因後果，一句說過了頭的話，背後總有漫長的潛流暗湧，在某刻爆發出來，所謂一念之差一時之氣，出於偶然，而一路走來的日子寫下的感情起居之中，「偶然」也可以是必然。

面對必然會偶發的衝突，像專家所言，在情緒不穩時離開爭吵現場。沒錯，忍一時之氣得衣食的海闊天空，之後呢？之後才是重點。是的，是有反激將法這一招，要死便死吧，只要「……」。難唸的經文就在「只要」後面說的是甚麼，是只要「你有種」、「你敢」，還是只要「你捨得」、「你忍心」，效果差別很大。對以死相脅的情緒化動作，冷處理是最安全的，之後怎辦？隻字不提那場爭吵，以免再引起不愉快事件，恐怕也是勉強著和諧吧？可怕的是，有時人是會在往事不記往事不理中得到縱容的，例如尋死覓活，給好好溫言哄過來了，回復理智了，說不定見對方因此而無限度妥協，對方久違的溫柔回來了，於是潛意識中以為這是個發洩方法，一到氣上心頭，便不知不覺拿尋死來把所受委屈自我悲劇化，最後才致偶發的悲劇發生。

天堂地獄假若只繫乎一念，一念由差入對後，互相面對面的教育檢討也
不能以一句盲目忍讓就成事。

一家人打牌

不知多少年沒打過麻將，大年初二在親戚家裡客串代打了兩局，人說踩腳踏車與游泳，一旦學會了就終身不忘，麻將可能是第三樣，手勢會生疏，章法不會走樣。胡了好幾把，忽然體會良多。

第一個很低能的體會：麻將這玩意，無關輸贏，只要時不時能胡，就好玩，一直只是個陪跑分子，聽牌又吃不出，就很不好玩。

如此低能又功利的看法，確實有辱這門國粹之博大精深，但我相信，其實人同此心，不好意思說出來罷了。雖說是親朋好友聯誼，麻將好不好玩，自己人坐一起熱鬧一場，也很有樂趣啊。啊，既然是自己人，好玩的事情多著，聊聊無聊的天，講講有意思的事，豈不是更好玩，何必要如此勞心勞力，一邊聯誼，一邊防著打出去的牌給自己人胡牌了呢？聯誼途中，不停給碰碰碰打斷，話題霎時止住，又回到四方城戰況，精神真分裂。我看反而是在挑撥同室操戈，萬一有個脾氣不好的，發作起來，就有違初心了。

有沒有那麼嚴重啊，自己人，不用認真。雖然有一種幸福叫放下，有種麻將打法叫寬容，不把輸贏放心上，喜歡打甚麼就打甚麼，但大家都打得不認真，就同歸於盡，大家都覺得不是來真的，失去這門手藝該有的樂趣。

手風順才好玩，但手風這回事，沒試過不曉得，如果麻將之樂，只在乎結果，天下沒有比這更不划算的賭博，本來是想耍樂，耍完了才知道樂不樂？值博率未免太低。有些人在乎過程，例如一直很順遂，一路有進帳，只在最後一把晚節不保，倒輸了，整個過程還是有趣的，值得的。我看，不如把這體驗告訴失戀中人，有種幸福，叫最後倒輸，看他能治癒否。

麻將認真打起來，需滿肚密圈，算計綢繆，這累人遊戲，不勝其煩久矣。

大年初二那晚，我決定做自己，不計較；最後一把，拿到一隻險章，幾乎九死一生的，但俗語説，都是一家人嘛，能包容且包容，誰胡牌也一樣高興，可惜我只是代工，不能因為管理著 other people's money 就犯了天下基金經理都會犯的錯。那麼，我是要做一個負責任的人呢，還是要製造驚喜的人呢，我棄胡，就和局了。終於，一念慈悲，新年喜慶要緊，大局為重，我打出險章，兩位親戚胡牌，只有我的金主要捐獻，二人歡喜一人愁，犧牲少數成全多數。好在是一家人打牌，否則我也不敢肯定，有沒有好心做壞事。

走路的自主權

「路是由人走出來的」，黃霑過往卻常常說，要走怎樣的路，走著走著就知道了，末了還加上一句：天會告訴你的。

那個天，當然不是由玄學家做代言人的天，也不是無助時隨手拿來做護身符的天意，更不一定是不同宗教裡有不同職能之大神。

那個天，倒不如說是天時地利的天，天天都在示範著天然法則的天。那條纏綿往復此生彼生的生態平衡鏈，就是天工；珊瑚魚區的魚本來好好的，將之放在水族箱中，各種毛病便來了，再多先進的儀器，都不可能還一條小丑魚那天折了的天年。

逆其道而行要另著新路，走歪了，就是逆天意而行，沒甚麼玄妙的。

這樣的天，倒不會主動告訴每個人該行怎樣的路，還得由自己向大自然學習，順著自己性子，漸漸便走出一幅私人地圖。而黃霑所說的天會告訴你，還有無須刻意設計急於預知這一層意思。

順性而為，乍聽覺得是太奢侈的福氣，那就省一點，將就點，單順著個性而走路好了。本來就是個喜歡來去自如的人，愛多姿多彩的生活，不知道是看多了電視劇，還是給包圍在朋輩的典範中，認為自己做個居家男人才是正路，到了成家之年，是應該視結婚建立家庭為目標的。於是便結了婚，以為可以做一條與珊瑚共生的小丑魚，安居於珊瑚群中。正是在模擬出來的家庭幸福中，模擬不出原以為該有的幸福，才發現自己是條周遊四海才得以生存得好好的鯊魚，於是便又離婚。

這條那麼多轉角的路，原點的確是由人走出來的，只不過，那是在一片荒原中由很多很多前人走到成為路的路。這些大路，最終都變了高鐵，是由城市策劃者規劃出來，也是順著大眾習性的勢而建。後來，有些人在高速方便中看見終站不是最想去的地方，有人會中途下車，改坐人力車，有人提早試著改變性情及目的地，繼續原先的路線。所謂天會告訴你該走的路，沒有一個神一個天意要你怎樣走，反而想你按自己性情走，僅此而已。人還是有走路的自主權。

錢與開心的聯繫匯率*

金錢與快樂有否掛鉤？

長久致力於讓金融業養活七百萬人的前特首，宣布二者早該脫鉤。前香港特首曾蔭權曾在電台節目回應年輕人置產難與貧富懸殊問題時，先是搬出「獅子山下」*精神，可能怕獅子在這世代下也沒有多少草原供牠們奮鬥覓食了；於是，終於用上心靈勵志雞湯，來澆滅一點民怨。特首提醒被定性為「經濟人」的港仔，「有沒有錢，與開不開心是兩碼子事」、「有些好有錢的家庭，我都看到未必一定開心。」

---

*聯繫匯率，台灣稱為「連動匯率」

*「獅子山下」，意指香港努力打拚、不靠政府的奮鬥精神

這兩句話是至理，以致每個人都會說。有錢人固然沒有必然開心的特權，窮人也可以窮得快樂，說了也是白說。只是沒有絕對的因果關係，就等於沒有互動關係，完全脫鉤？在精神與物質的聯繫匯率機制下，多少錢能兌換多少快樂，當然無法精算，但在生活需要用錢來維持的現實情況下，有多些錢，著實可以減少一些煩惱。

錢可以解決甚麼煩心事？燈油火蠟供書教學那類例子也懶得舉了，有錢人會有被辭退的恐懼嗎？會，但普通人怕的是失去基本生活的條件，有錢人怕的是失去面子，這種恐懼比較奢侈。等於租客擔心屋主加租，會活在蝸居容不下蝸牛的陰影中；屋主擔心遇上惡租客，活在收不到應有回報率的陰影中。怕失去僅有的，與怕失去比所需多出來的，哪種心情哪個階層比較煩惱，比較容易開心？

對，各有各的快樂之道，無論貧富也各有滅苦法，差別在有錢比沒錢更易證明自己的品格，以致在遭遇委屈時，較易還自己一個清白。這裡沒有意思要針對喜歡住在中環半山的律師，只是在一個爭取公義要花很多錢的社會，有錢人比不夠錢的人又容易開心了些。至少，有錢人被公開質疑時，大可公開開盤，以一萬賠一百萬的豪氣以示清白，清白未還，已樂得哈哈哈三聲。

例子是舉不完的了，重點是，政府一向建港思維，以至「應付」青年人的政策，都認定了港人是經濟動物。加諸港人身上這個標籤，究竟是管治者一場誤會，還是統治者一手促成，讓這標籤自我成立？

在擔心市民要發窮惡時，才開始灌輸窮得漂亮的情操，培養安貧樂道的意識，是否臨急抱佛腳？

安貧樂道是否很古裝呢？是的，要做到安貧，穿古裝的人比較容易做到，古人一個不高興，説一聲放下自在，就可以散髮弄扁舟，歸隱南山去也。一個經濟城市，也説放就放，只是放下事業工作等俗物之後，哪裡去找個深山隱世，或歸園作田居？元朗已成 Yoho Mall，要六七千港元一呎，還有，農地都已為誰所佔有？佔有的人，也會很不開心是沒錯啦，與政府談補償地價多付了費，很不開心，但，沒關係，有錢可以另請高明，換個人再談，那種煩惱，説放下就放下。

一行禪師的告誡

友人忽然發來一則簡訊，引述越南一行禪師關於禪修的告誡：「Conversation, oversleeping, pursuing fame and recognition, chasing after desires, spending time with people of poor character, and being satisfied with only a shallow understanding of the teaching.」並附感言：「這道理又豈止僧尼要學呢？」

所言甚是。以上六條，可以跟宗教完全無關，只要還是要過生活，只要想活得輕鬆安樂自在一點，時不時拿來提點自己，已經等於在禪修中。而所謂禪修，有時嘗試戒絕一些習慣，修了也不自知，管他禪不禪，屬於何宗何派。

Oversleeping 其實非常奢侈，即使非關上班工作，失眠人也好不容易才能睡到自然醒，不過這條對於迷信標準睡眠時間的人，是一記暮鼓晨鐘，人越睡得多越昏沉。別睡過頭，失眠人其實也管用，只要想起多睡無益，真睡不著就不要勉強用力入睡好了。

Conversation，聊天講話，有甚麼問題呢？禪修，或者說，讓心平靜，很重視專注。一行禪師在《正念的奇蹟》裡講到邊過活邊禪修的小法門之一，用餐時別忙著高談闊論，要活在吃東西的當下，嘴巴用來吃時就別用來講話，這樣才能用心品嚐食物，念及一飯一菜來自天與地，自然能靠近大自然境界。我當時看到這裡，覺得萬難實行，在家裡的話，集體噤聲會弄得氣氛凝重，緊張過鴻門宴，在外的話，非常怪相，侍應與鄰桌食客瞥見，會以為這一桌子的人有問題，頗有鬼片的效果。

可是，那天收到這訊息後，一個人在外面吃麵，麵館居然真的接近鴉雀無聲，我數一數，一二三四五桌人，連我自己，都各自在滑手機，食不言的教誨，就這樣做到了。一行禪師寫書時沒有料到有此一著，早知如此，應該寫得更清楚：沉默不一定是金，無聲的聊天，更讓人分神，起碼，跟同桌人邊吃邊講，對食物不夠尊重，也專注於眼前人啊。

人情世故與千古罪人

如果有人背後說你這個人很世故，或是很懂人情世故，你會覺得他是在褒你還是貶你？

如果你是個不通人情世故的人，才有機會覺得有人在誇你對人性人情人心世事世態世務一一看通透吧？也只有不通人情世故的人，才會在你面前而不在背裡說你這個人世故。

查辭典，人情世故解釋一：為人處世的道理和經驗；解釋二：為懂人懂事；詞性更列明是褒義詞。是世情世風世道轉了嗎？一說到處世的道理，就好像是一門媚俗的心術，污染了易逝的天真爛漫。

說某人世故得很，一副面面俱圓，老謀深算的臉即時活靈活現。不然，也會覺得此人是個悶蛋，口吐蓮花，卻也如老糠擠不出一滴油，一句痛快話都說不出口。總之，此人非奸即悶。

在語言越用越激，詞義越解越窄的世風下，任何稟性，非黑即白，非誇即損；世故，再進一步就是輕於妥協，昧於原則，差點兒又成另一個千古罪人。

就當我天真爛漫，我認為最懂人情世故的一個朋友，內方而外圓，最會搞氣氛逗人開心，在一桌人鴉雀無聲中樂於出頭，打破悶局，讓每個人開懷鬆綁。另一不通人情世故的壞例子，則善於唐突，認識沒多久，劈頭就問年收入多少，到得登堂入室，則如入無人之境，對別人的口味指指點點，在天真未鑿與自我中心之間，留下一個問號，或驚嘆號。

由韓國人發現的公主病患者，罪狀之一，正是不通人情世故。其典型病徵為毫無金錢觀念，天經地義想當然刷男友的卡，不知謀生之難。

可見世故不世故，都有可能犯眾憎。容納了太多人情世故的心，即把城府挖深，被人說有城府，也不是好事。不夠通達的人，即便不是假率真之名，肆無忌憚踐踏他人，也的確滿身芒刺讓人難以消受。

說到最後，還是一個「很」字出事，「很世故」有事，很有點老狐狸味，「也」懂一點人情世故，就沒事，也不會變成有病遭人嘲笑的無冕公主與王子。

再說到最後的最後，即是逃不出中庸之道，這才是最悶蛋的事。圓人缺乏稜角，直人方人又因有角而刺人，我們褒獎有個性的人，但太有個性又不容於人，最後，人際網能容而無過犯的，都好像難逃中庸，中庸拿捏不好，便成平庸。

這真教我們難做人，但同樣道理，不會做人與會做人，都好像不值得稱譽，很會做人，更等同上述，很易變千古罪人。

白目

「白目」是台灣俚語，聽得多了也就不經意說多了，有次把「白目」帶回香港，港人問甚麼意思？望文生義，眼目中一片白，不就是有眼無珠，搞不清楚狀況，有多難理解？不過，使用範圍越廣，含意也越來越多。我索性開誠布公，訴說遇上白目之人的實例，示範一下。

我養過一隻狗，後因年邁而壽終正寢。事隔不久，A君來我家處理一些公務，我一直默不作聲，當時沒有鏡子，我也不知自己的臉有沒有很黑，表情還剩下多少，在那沉悶的過程期間，A君可能為打開話題，搞活氣氛，隨口問道：「阿XX呢？跑哪裡去了？」（XX是狗狗的名字）「去了。」「去哪兒？」「去了就是死了。」「甚麼！死了？甚麼時候？怎麼會死的？」

看官，首先呢，A君幾個月才來一次，而且也沒見過他跟XX玩耍過，發生過甚麼親密關係，XX去世，這反應與步步提問，分明太超過，他沒這麼緊張，我還真不知道原來A君跟我的狗有如此深厚交情。

再者，見我本來就一臉陰霾，心情不夠好的機率相當高，目沒那麼白的人，大概即時就會理出頭緒，我的臉色跟狗有關，知道去了，大抵會噢的一聲就到此為止，我想訴說詳情，自然會多說。一般非白目者，自會避忌，因為，有些傷口，當事人樂意親手揭開來檢查是一回事，旁人冒冒失失，問也不問一下，就直接過來摸，這就是白目，在此可以解作不識相。又，即使實在耐不住好奇，想知道死因，也不會問得又大聲又急切，彷彿我有虐狗殺狗嫌疑似的。

你說，A君是有心還是無心？當然是有心，是出於好心，想表示關心顯示愛心，但犯了天下熱心人常犯的毛病，就是有志於當社工心靈醫生的，除了要有執照，也要收到病患求助才好出手。比如剛離婚的，你一來就問是有第三者麼？可能會換來「喂喂喂，我跟你很熟嗎」的反應。熱心好心，可惜白目，沒帶眼珠出門，因而莽撞，所以，也可以用在不諳人情不通世故的人身上。

過了幾年，A君又來我家處理庶務，弄著弄著，忽然抬起頭來，問：「阿XX呢？」

這一下，我真的愣住了。當時天已經開始暗下來，這問題問得有點嚇人，雖然XX早已逝去，我的心也不是玻璃造的，不過，對一隻沒甚麼交情的狗，何以一直窮追不捨？我明白，這也是一種沒話找話，打開話匣子的禮儀，有兒有女的就談兒女經，沒的，就借狗經說話，但是，既然如此熱衷於交際，沒有足夠正常的記憶力，是很容易出事的。我於是很有禮貌的說：「死了。」A君問：「死了？甚麼時候？」我點頭複述一下：「在你上次問ＸＸ幾時死，怎麼會死的時候，已經死了有好一陣子了。」然後已經不知道還有甚麼好說。

所以呢，白目也可以理解為搞不清狀況，胡言亂語。港人點頭：「那麼，我懂了，我也會用白目這個詞了。」

想做個有情趣的人

認識一位人物（一個人，不曉得如何與物沾上關係，才堪稱人物），這大人物大在有股氣場，每次出現在人多話多，卻各有自成一小圈子的場合，總能統一口徑，領導大家到一個共同話題去。本來身處其中又好像被排擠在外的人，無論發不發言，也被拯救回來，沒有淪落為局外人。

每次在大型飯局中，正後悔為甚麼要來，又浪費有限生命的關頭，一見她出現，還能夠同座的話，即如遇救星，但覺此行不虛。她只需看你一眼，就讓你有知心的感覺——她自然知道你的心，她知道得那麼多，多到足夠燃燒起每個冷場，她的世界那麼大，總有一處讓你感到熟悉親切，自覺不是個陌生人。

她一談一笑，其他的人如春風回生。

從前以為，這就是八面玲瓏的公關高手了，席散之後，她也會累得虛脱吧。但是不，日子久了會發現她不是公關，公關帶著職業的負擔，而她每次開講，都不像在讀稿，彷彿天文地理順口拈來，都是憋在心裡頭很久的心聲，迫不及待要拿出來與大家分享。

八面玲瓏而能樂在其中，既悦了己又樂了人，不容易啊。

古今中外每樣都得知道不止一點點，遇到不同的人都能拿得出手，也要有幾面專攻的強項，以開眾人耳界，以備跟同道中人擦出火花。知道了，知道得透徹已經不簡單，還要把自己知道的成為情趣，又再把情趣燒成火把，把玩起來，成為別人的樂趣。

想做一個很有情趣的人，不是擁有很多興趣，並且將之私有化就足夠的。有一次，給朋友介紹一件心愛的竹雕，雖然說到七情上面*，可惜我真的只是在介紹，介紹這是用「留青」刻法刻成的。朋友問甚麼叫「留青」，我又更樂不思人家的歸屬，說得過分仔細，如滔滔江河一發不可收拾，如不斷碎碎念的唐僧，而朋友聽不懂那些咒語。

直到朋友神情開始呆滯，反應明顯跟不上我的語速，我才猛然醒悟，太不知情識趣了。

要不應該把我寄之以情的樂趣講得有趣一點，要不就轉移話題，談到對方也有興趣的話題上，不然，那留青竹刻，也還原為枯竹一片，只能留給我一人孤芳獨賞。這或許跟談心一樣，有心還得有力，把心用比較有趣的手勢捧出來，對方樂得接住，才能交心，不然便變成談道，枯燥乏味地，一本正經地。

認識那位讓人如沐春風的人物，取過了不少樂，就知道，只從他人身上討來的火是會熄滅的。自身也要懂得成為火種，且懂得煽風點火，從他人身上取暖之餘，也能暖和別人，別人自然也反過來暖和了自己，所謂交換溫柔是也。否則，乾柴獨自燃燒，再璀璨，也終成枯木死灰。

知識與情趣能交集無間，不光是教育從業者該有的夢想，也是不甘寂寞、難耐孤獨的人要學習學習的本領，當然，學習也可以是有趣的玩樂，只要有情。

即便立志做個孤傲的獨男女，一切不假外求，打算自得地獨活，還得樂於練就知情識趣這門絕活，以作傍身。因為與知識無關的情趣，一個人玩久了就無趣，無趣地獨游知識海，不溺死，也會成了無情之人。

*七情上面，有聲情並茂或眉飛色舞的意思。

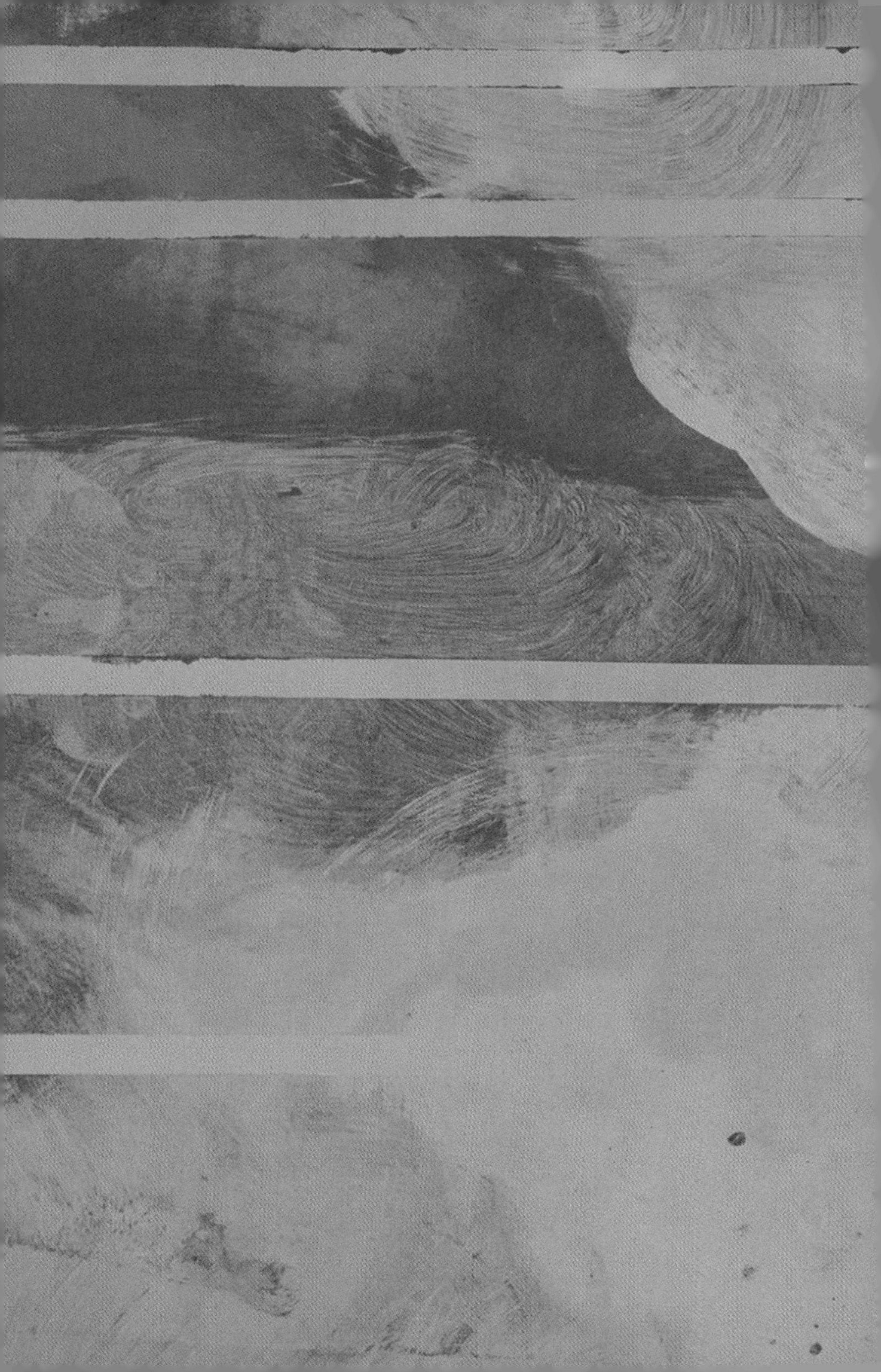

第二章

天涼就過秋

中樞神經反應

鼻子當然能夠吸空氣
呼出了空虛就好

這
就像牛蛙截肢還會抖動

眼珠不動依然看得見
不懂甚麼是甚麼就好

這
就像魚眼白白地盯著天空

口必然要吃
口吃口吃吞了又吐吞吞吐吐就好

這
就像肌肉腐化時會噗噗有聲
耳邊自然聽到風
只是空氣流動沒內容就好

這
就像膝蓋給捶打
突然踢起來的腿

不要被誤會是攻擊行為才好

這
就像熱會脹冷會縮
死去的樹木會變成動物

是的
這就像有人問你還好嗎
你說我還好的意思

夕陽之歌

如果日出慣性代表希望
午後之殘忍就在於
結果都攤在陽光下

朝陽
令人疲憊
所盼與所得像橡皮圈
拉緊了又再鬆弛

有時候寧可

陰雨烏雲隱藏著未知
因為失望也需要休息

與其歌頌日出
天天向上式
的步步高陞
不如感激
夕陽比氣球可靠
在高處爆破
每次都穩穩地
著地

展現無限好之後
我們更需要近黃昏
分不出
夜幕後隱藏著甚麼

高高舉起比
輕輕放下更需要
韌力
辛苦你了

一個人的事

我以為你叫我
我以為你說我
原來是我自己
呼吸的尾音太長

我以為你找我
我以為你看我
原來只是飛蛾
被燈光照成亂影

我等待你陪我
其實你剛來過
如果你覺得有問題
我真的可以
把一段情
變成一個人的事

倒帶來生

香江才女林燕妮曾接受訪問，不知哪來一條問了等於白問的問題，問她來生是否願意再做一次林燕妮。我想，即使再沒好奇心的人，都不會那麼沒出息，心甘情願想再做一次今世的自己吧。

就算一生竟然奇蹟地無悔無憾無風無浪，想有的都不勞而獲，一樣的親屬圈一樣的朋友網一樣那幾段戀情一樣的名字性情，就像把幾十萬篇日誌，重新再謄抄一遍，縱是好風如水的年華，也會嫌悶。

願不願意再做一次林燕妮或者是陳大文（意即路人甲），其實在回答前要先知道來生的我能不能帶著今生的記憶，省掉那杯讓人失憶的孟婆茶，才會問出一個人的性格。要無知無覺地從頭演一趟前世的戲碼，今世有知，當然不樂意。但累積了今生的經驗，再做一次自己，有了改變劇情發展的可能，就不一定是悶不可及的倒帶來生了。

用今生所感改造來世，我們有很多很多個早知如此何必當初的感慨，也有很多修訂的機會。光是想一想，也不枉活過一場。

比方說，童年活在黑壓壓的家暴陰影中，走出來之後，自己也有了個家庭的話，懂得了多一些，會不會用成人的智慧，用捱過苦後知道苦源，而能以後輩之身改變家庭的權力結構？縱然還是改變不了那一段命運，最低限度，曾經在長大後知道陰影不一定會影響餘生，再回到一樣不快的童年，心靈也不致弱小到不堪折騰而留下了後遺。

比方說，前生不能修成正果的一段戀情，耿耿於懷，總是惦量著有哪裡做錯了，如果愛情還有如果，如今可好了，可以「回到」來生，碰上同一個人，吸收了前世失敗的教訓，會不會就可以逆轉結局？有了補償的機會，又有沒有償願的可能？說不定，前生老來時，對得到得不到那個人，已另有一番看法，在來世與同一個人談戀愛，也有了個不同的愛法，問題已不是有沒有結果，而是要的已經不一樣。

對某些人來說，晚來念念不忘的遺憾總是求不得愛別離的話，該會選擇再回一次爭取一個前世的升級版吧。那麼，選擇放棄再改善前世的人，好歹也該獲頒一個灑脫獎，過去的人和事，過就過，美好的不貪圖重溫，遺憾錯失也不希罕修正補漏。長了點見識智慧，用來改變個人的小歷史，累啊。倒不如用長進了的心，去玩一副重新洗過的牌局。

當然，那訪問者忘了追問林小姐，如果來生不願再做林燕妮，天下古今中外人物，任你挑選，你來生喜歡做誰呢？誰的生平讓你羨慕到甘心活在一個預知的劇本中呢？

來生做牛做馬

續問來生想做誰？

這個憑想像來玩的 RPG 遊戲，選項無限，好玩也難為。

每個人都有偶像或一個榜樣人物，按理能從粉絲變成偶像，超爽。蘇東坡是我古人系列的偶像，詩文書畫俱絕的全才，還要是個好官；仕途失意，因而寫下很多豁達無礙的作品，自渡也渡人。可是真可以選擇，何苦要受那不得志之苦，去練就出那些智慧之言？官（是想辦實事的官）越做越小，那心情願意親身去體驗一回嗎？以貧病死於當時的不毛之地，還樂意麼？

只看到蘇軾流傳後世的作品與逸事，比起往還於辦公室與蝸居之間，遊走於烏煙瘴氣屏風樓，將青春進貢地產商，自然覺得這種風雅的生活，就像處身人間天堂。可看完幾本蘇東坡傳，再豪情豁達的人，也有很大機會改變主意。

想做蘇東坡，就是貪身後之名，千年後寫下的詞，還有鄧麗君及王菲翻唱，也只不過證明想成名想到瘋了。要把他人的苦難照單全收的話，類似的不得志，社會環境有異，卻是千古無差，誰想再多嚐一遍？如果依然想成為東坡肉創作者，一定是感慨今生還沒那修為，不能從磨難中換到好處，那，趁有生之年就繼續修下去，否則，再有十世也做不成別人的偶像。

即如偉大到想做德雷莎修女，我相信德雷莎修女以出世之心做入世的事，忘小我懷大我，必然是世上最快樂的人之一。但是貪圖這種快樂，跟為大眾吃苦而無意為此而換來快樂，是兩碼子事。想做注定要吃苦而無求無私的偉人，現世也沒有誰可以攔路。做不成又想做，只不過證明我們想做甚麼樣的人給別人看，與真正想做甚麼人，過怎樣的活，差距不只是理想與現實，而是虛榮的夢想與實惠的現實距離。

還是選我們羨慕到眼紅的人物吧。我是真心相信沒幾個人想當李嘉誠的。除了白手興家的日子不願過，一想起臨睡前看的書都是與業務有關的，從不看小説，便覺乏味。

子非首富，焉知首富之樂，只要當事人以此為樂，而他的糖漿是你的砒霜，那當還是不當？説來説去，都不離大人物背後付出的代價，是他們人生的一部分。那麼做富豪第二代，一般不用捱無中生有的闕口，又比較懂得享受，好不好？可他們還有自己比較高層次的苦水要吐呢。再多想幾個例子，自會慢慢領會甚麼叫如得其情，哀矜勿喜也勿悲。

天下確有無災無難到公卿的人，可正如蘇軾所說，要有愚且魯的條件。毫無代價唱幸福的歌者，很難是懂太多，太敏銳的人，即是得罪點講，做個蠢人，不懂要求不甚講究的人，才會成為羨慕對象。再想想下去，就是轉眼即蒙塵的嬰兒，以至一頭豬、一隻寵物，也是來生不錯的選擇。來生想做牛做馬？誰甘心再算。

「去了」與「不在」

甚麼才算文化，甚麼樣的節目才有文化？廣管局要求免費電視台增加文化節目，按一般理解，電視劇不算文化節目，談文論藝的算一個，談社會現象也算一個。那向來在做的飲食節目呢？都說飲食文化，也不能不算。

陳志雲為商業電台主持一個關於死亡的節目，又算不算文化節目。不少電子媒體很樂意推廣玄學文化，受眾亦樂在其中；玄學之所以玄，就是向未知探索，懸疑在，一旦探索到命中不能移之運，亦即終極的人生路線圖終點：死亡，即生人止步。

儒家影響力在當代中國人社會，比我們所想像的要大。那些還流傳下來的聖言子曰，已成口號，會唸一下，但是一句「未知生焉知死」，卻在潛意識的密室中生了根，死亡只與禮儀有關，文甚麼化，一談就顯得你這人太過看化，高談闊論死亡也成為禁忌。缺乏死亡議題的社會，文化底氣又能扎實到哪裡去。

一個在深夜跟聽眾分享（這次分享該沒錯用，確實有「享」的成分）對死的哲學，會不會聽得人心情凝重？其實，凝重之後直面死亡，最終得到釋然才是合理的反應。

我在想，介紹家母聽這個節目，老人家會不會認為我在搗蛋或是強她所難？禁忌，可不能低估其牢固度。就像老人家要做白內障手術，自然有點擔心，也有點怕。我恰巧剛做了個修補視網膜的手術，於是安慰她，這個所謂手術，簡單得很，只是一點點紅光往眼球扎幾下，介乎麻與痛之間，最重要是保持眼球不動如山。家母問，你給扎了一百多下，怎麼不動呢？我說，當時我就當自己死了一樣，她立即一句大吉利是，我微調，說：是裝的，是假死，母曰：這也不行，大吉利是。所以，講養生易，說死難，連假裝一下都犯了禁，不欲聽之矣。

家母是忌諱「死」字的典型派，講「死」字如從前皇帝的名諱，講到某某近況，就會說「已經不在了」、「去了」，有次故意拿這個開火，反問：「去了？去了哪裡？」某次輪到母問我舊友如何，我說他不在了，去了。母即色變，待我說去了內地發展，才責備我不該隨便亂說「不在」與「去了」。看，這些代用詞用到老熟，也變成忌諱，要忌到幾時，含蓄間接到甚麼地步，才能夠建立談死論亡的究竟文化？

魚樂與狗情

在水族店打魚釘，談魚經，老闆賣魚讚魚香，說養魚好，養魚乾淨，貓貓狗狗麻煩得多。養一隻狗，自然比打理一缸魚要帶來多些麻煩。要麻煩你自小培養牠良好的大小便習慣，麻煩你每天帶牠出外散步運動，食慾不振的時候，要轉換菜單逗回牠的胃口，最麻煩的是狗有依賴性，一時冷落了牠，你會閱讀到眼神流露出渴望，額頭寫著「可憐」兩個字。有時自顧不暇，還要顧及牠的情緒，你遇上麻煩事，還要為你添煩添亂。

與其說養魚比較乾淨，不如說是乾手淨腳，一切問題，限於魚缸之內，而狗，纏繞在身前身後，左右你的生活。可見不同寵物於人的意義，有上天下地之別。最大分別，一般會認為是感情關係。

不能說養魚養甲蟲養蜥蜴的人對牠們沒有感情，我小時候甚至為一條死魚寫過祭文，然後把其遺體放在冰箱冷凍，還為此挨了一頓罵。我也曾替每條蘭壽金魚取名，弄得一整缸都是立法院議員，問題是牠們聽不見我的訴求而已。其實養熟了的魚，你一舉手，牠們便懂得靠近缸頂覓食，日久一樣生情。

只是魚情生於習慣，餵魚之樂，在牠們滿足了你的預期，這預期得遂全因習慣而起。魚乖乖待在缸裡，得寵也只因牠們為家居提供亮點，為眼睛貢獻呼吸空間。狗也有一樣的功能，而魚不可能擁有的，就是「你不可能擁抱撫摸一尾魚」這老生常談。寵物由此而分級，能擁抱的，是貴妃，不能用摸帶來類人類肉體的安慰，如魚，只是才人常在的級數。

是這樣嗎？我們養寵物，感情的等級，就取決於用眼看還是用手摸？那麼，人與動物之間的感情，還是不夠純正，寵物之所以蒙寵，如果只為能替代人類，作為可供狎玩的生活伴侶，是對一頭狗不尊重，也把人與人之間感情看扁了。

所以，我會想，對寵物感情有無，正源於「麻煩」二字。狗不可能讓你乾手淨腳，也是因為牠曾經弄污過你的手，才讓你覺得牠的生命，是那麼真實地活在你生活裡。牠們惹來的麻煩，絕對多於一樣帶來有體溫接觸的一夜情。

敗犬對敗犬

亦舒小說出現過一隻三色貓，不是探案用的，而是為襯托主角寂寞而登場。話說女主角某夜家中跑來一隻可憐又可愛的貓，這單身女子抱在懷中把玩到興致正濃，忽然悲從中來，覺得竟然跟一隻貓講起話來，真是淪落到寂寞谷底裡去了。

看這小說時，還沒養過狗，所以也覺得貓貓狗狗一旦與單身獨居者拉上關係，受惠的是人，所謂相依為命，也主要由貓狗對敗犬提供生氣，從亦舒的話延伸，沒有一個人，有很多錢也是好的，沒有很多錢傍身，有一隻狗做伴也是好的。

可是養過方知寵物是用來寵的生物，別以為牠為人民服務，人也要把牠服侍得妥妥當當，否則，牠活得病懨懨毫無生氣，你也不得安生，那時夜半與之講話，落得敗犬對敗犬，何止寂寞，簡直是雙料淪落。

而牠活到暮氣沉沉的一天早晚來臨，除非你比牠薄命。所以，那天姐姐的女兒說很想養貓，姐姐說，要有負起照顧責任的心理準備才好，我便覺得要考慮的何止是責任，對一個小孩來說，更是一場提早體驗生老病死的訓練。

新入門的貓狗，一般活潑可愛，讓失去青春或不自知青春的人，知道甚麼叫年輕真好。然後，日久生情，很愛很愛喔，然後，萬一牠得了甚麼病，本來如茸的毛脫成一塊塊禿地，或是眼睛盲了一隻，還會恩情不減嗎？那麼早就考驗自己，愛是基於條件還是很玄的緣分，是超於色還是不離相，真是何必。

最後，照顧得再好，老了自會百病纏身，獸醫一般無能為力。很多狗老了都會有割無可割的白內障，針無可灸的關節炎，諸如此類。如是，一隻在亦舒筆下會彰顯你自身寂寞的貓狗，牠們也用自己衰敗的肉身告訴你甚麼叫寂寞。老狗老得失去活動能力了，每天就是癱在地上，失禁時尿得一身濕，日復一日。一個人可能要到某個階段，才會在醫院中見證頑疾是如何剝奪病者的尊嚴，提早在一隻狗身上看見這場面，著實無辜。病人還有醫院可住，探病時才讓你震撼，可一隻狗，讓你無處可逃，時刻在身邊讓你看見生命力一點一點在溜走，何苦？

殺魚與殺蚊

有高人指點，在中餐廳吃魚，向服務生講好要吃哪種魚大概多重就好了，別伸出指頭向著魚缸中點名，就要這條，否則就要添孽了。沒想到，還有這樣子掩耳盜鈴的減孽法。吃了人家的屍體，不認人家生前的樣子，與其說會減低殺生之孽，倒不如說是為自己良心著想，吃起來安樂一點。

既未能食素，談甚麼不殺生都是妄言。若說盡力而為，有時也真迷惘得很。搬往郊區後，蚊子多得很，有人介紹一款特靈的滅蚊器，插電後每晚可收集上百蚊屍云云，當時一口拒絕，這是大規模高效殺生啊，為甚麼不用電子驅蚊器？好了，到住了一段日子，證實了驅蚊器無效，有一晚，難得睡意正濃，卻給一隻蚊叮得一腳一臉很癢，噴完防蚊液，蚊不怕，仍在耳邊用高頻久不久令我驚醒。沒法子，終於動了殺機，自打一巴掌後僥倖也把牠幹掉。

要說為此而內疚，未免矯情，只是想到眾生雖曰平等，到了人命與蚊命或蝗蟲之命來一個對比，該捨哪個又該救哪個？蝗蟲驅不去又不能殺，那不等於製造飢民，變相殺生？很多害蟲之所以有個害字，是從人的高度去判斷，害蟲本無辜。話是這樣說，但在蝗災有害人命關頭，不知高僧有何說法。

殺生之孽，又是否以生物之智商來分出高低等，從殺人殺貓狗殺魚到殺螻蟻，罪業也一級級遞減下去，還是從必要性來衡量業之輕重？我不知道，只是覺得殺蟻殺蚊比殺魚安樂，說到底，還是以人自己良心好不好過為主，都是為自己著想。

是放生抑或謀殺？

鬼節，不知有多少生靈魂歸大海。當天荃灣海面，有道士裝扮之人，在船上將一批巴西龜丟進海中「放生」，附在防鯊網邊被救生員救回一命的共五十五隻。巴西龜體型細小，平日在無風無浪的水族箱裡也得艱難掙扎才能游上水面，更何況當天一號風球，風大浪大，被「放生」因而超生的，有一百隻不止吧。

道士這行業，「放生」是其中一種謀生伎倆，要打好道士這份工，除了念念有詞會寫符咒，常識也是必修科。玩「放生」而不事先做好功課，谷歌查一下巴西龜資料，把淡水動物放海裡，是失職、是漠視專業、是謀殺。至於出錢請道士辦事的金主，若還有一丁點認真誠懇，難道就不會關心一下自己都放了甚麼生物一條生路？可見都沒上心，大概就人云亦云，好，我認購十隻，會不會重蹈放生錦鯉變殺生的覆轍，他們懶得管。

陳奕迅的《任我行》，歌詞開首是「天真得只有你／令神仙魚歸天要怪誰／以為留在原地不夠遨遊／就讓牠沙灘裡戲水」，天地良心，我寫這個比喻時還真擔心過不夠真實，會不會有人天真到不知道神仙魚是淡水的，居然以為放牠們回大海重獲自由？思量再三，又怕珊瑚魚也有神仙魚一科，例如皇帝神仙、藍圈神仙……後來又再想，即便是海水魚，在海邊隨便放生一條摩爾神像，水質稍異，也會讓神仙升仙，這虛構的故事應該可以成立吧。多餘，原來是我想太多了，原來天真無知者大有人在，我那歌詞情節不斷被「放生」之瞀里*身體力行。

*瞀里，香港用語，即愚蠢無知之人

愛護動物協會呼籲，勿胡亂放生，危及生態平衡；原意是積福，小心會好心做壞事。好心？放生若為福祉刷這本存摺，是宗等價交易，本就談不上好心，而是機心；對放生之物毫無常識，也不打算認識，更休談愛心慈悲心，說是「機心做蠢事」已經很厚道了。至於那批道士，受人錢財，不替人消災，還「放生」變「殺生」，積福變造孽，等於跟金主顧客攪炒。「放生」？那巴西龜若在瀕死之際，應該在哭喊「放條生路嚟行吓好喎」（放條生路給我走，好嗎？）。

誰能決定一隻狗的生死

該不該容許一個在病床上給折騰得生不似生在等死的人，選擇提早結束生命，是甚具爭議性的大題目，容許病人提早往生，卻有個很動聽的説法，叫「安樂死」。與其非正常地生存著，多捱些苦拖延至死，倒不如在安樂無痛中死去。

如果主角還有意識，選擇安樂死，是他個人意願，屬非正常自殺，大部分宗教是不容許的。至於反對的人，不知病人所受之苦，只不過是用自己的價值觀，去判斷他人該主動早死，還是捱到自然慢死。這還比較好辦，如果病人已失去知覺，長期昏迷，連生死都不知為何，也沒有人知道他痛與不痛，旁人又憑何替他下決定？

人不能合法地安樂死，動物卻由人主宰牠們該捱下去還是那個短不痛滅絕長痛，名為：人道毀滅。

這名稱倒是起得夠奇怪的，被仁慈處死的若是狗，不叫被狗道毀滅，而叫人道毀滅。用於賽馬的馬，一條腿若廢了，按慣例即行人道毀滅，只因為不能再跑了，將之毀滅，竟然也堪稱人道。

這幾個月來，我的老狗得了肺炎，能吃的藥全都吃了，依然毫無起色，最近一次複診，獸醫竟提議人道毀滅。還說甚麼你不知牠喘息得多痛苦。

媽的，我不知道？牠患病這年來這幾個月，一如多年來在醒睡之間伴著我工作，只是不斷發出高頻的嗚嗚聲，連睡著也在有病呻吟，告訴我甚麼叫痛。每日夜，我邊寫著喜怒哀樂，就以牠的病中吟做音效，連我也快精神分裂了。可我又真的不知道，牠就像不能言語的人，不能從呻吟中表達牠願意捱下去還是安樂無痛地投胎去。生殺大權就落在我身上，也是到了這關頭，才更明白安樂死是個難解的題目。

我非狗，卻知狗之樂何在，只是不知狗之痛對牠有多痛，才叫牠寧願了此殘生。眼看著牠後腿都不能動了，只以前臂爬行，從人的角度來看，這是很苦的事，只是牠呢？狗也有人的觀念嗎？

在牠胃口不佳，卻依然偶爾吃一點喝一點的僅有活動中，我看到了一個衰敗中的生命，靈長度遠不及人類複雜的物種，求存依然是本能的動作，讓我如何為牠止痛超生？

人固然無權代他人決定生存之道，至於一隻狗，更加不能，因為我不通狗道，因為我不是牠的主人，我是不夠了解牠的朋友。

時間的畫面

在店裡聽到店主教客人以一炷香、兩炷香的時間，計算食材該烹調多久。有點詫異，香有長短粗細疏密，除非店主順帶提供標準的計時線香吧。

不過，的確，有時我也會用香去計時。每次買回來一盒線香，點燃時雖然沒有刻意去算時間，用多了，每一款也會有個約數，當然空調的風速會有影響，這一批燒長些，那一種會慢一點。日本製作的香，一般燒得比較快，八吋長左右的，二十分鐘內完事，有種三吋長的，只能燒五六分鐘。買過一種西班牙的茉莉香，足足可以撐一個小時。日本香疏鬆，生命短暫，要研究起原因，必然有另一番考究。

寫東西時點香，可以提醒過去了多少時間，其實也不是要催逼限定完成，否則用手機當鬧鐘豈不更準確省事。如果沒必要，實在可以慢慢寫，燒完一根，換別的味道，在聚光燈下煙霧繚繞，反而令節奏慢下來，一切都不急。寫作是最容易分心的勞動，腦筋過分活躍，會中途禁不住走到不知何處去，點香會集中精神，像在進行一項儀式，要放尊重點。此事非關宗教，卻又應該跟焚香沐浴以示虔誠的說法聽太多有關。

焚香報時，畢竟費時失事，鐘本來已經是最佳工具，只是報時以外，計時、感受時光流逝的方式，即使是鐘，也可以分得更細。我懷疑越來越少人會在牆壁掛上大大的圓形掛鐘，一道空白的牆壁在香港有多珍貴，怎能輕易貢獻出來。所以跳字鐘當道，或者索性看電腦上的時間顯示最實惠。

然而，此刻是 12:21，畢竟跟時針分針開展出來的感覺不一樣。時間若是一塊餅，時針先把它劃成四份，已經丟失了多大塊，一目了然，分針再提醒你每一小塊還剩下多少，對惜時如金的人來說，或者要遲到了趕著出門，該是個觸目驚心畫面。

聞說做電台節目主持的，傳統一輩習慣了看圓形鐘，以那個時間圓餅為憑，每十五分鐘四分一個餅為一節，還可以講多少話，播多長的歌，就看著分針行事，據說這樣會掌握得更好，換了電子跳字的，一時之間會很不習慣。

我也相信，如果約了人下午一點半見面，看見 12:47，先運用心算，13:30 減掉 12:47 等於四十三分鐘，跟用眼看時分針交疊出來的畫面，完全是兩回事；所以，如果還有一個原因要我戴手錶，絕不可能是電子跳字錶。

第三章
此際笑一笑

藝術的算術

字母歸字母
韻母歸韻母
可是呢
沒有字音
即等於啞口無言

ABC 歸 ABC
DEF 歸 DEF
可惜呢
abcdefg……………………………………
26 個字母不能歸於一體
又有甚麼意義可言

藝術歸藝術
XYZ 歸 XYZ
可恨呢
沒有 XYZ 靈魂的東西
只是東西
XYZ 若沒有靈魂
藝術即成走肉
還沒腐朽已成行屍

藝術生於人而高於人生
會倒下來的只有壓死人
連一瞬人生都沒做得好
還說甚麼千秋藝術

花市開了花事了

除夕夜，母親為一盆年花弄得不成樣子有點苦惱，妹妹百折不撓，翻來覆去在一個超大的盆裡，試著把幾盆有紅有黃的花，擺得順眼一點，對得起那些好像為人類眼福而生的年花一點。

我杵在一旁，像高人般開導：「別弄啦，花的顏色那麼多，又擠成這樣，你不放棄其中一種花，無論如何都不會好看。」

我沒有說的是，除非你覺得在香港到處都看到的官方花道——繁花擠在一塊兒似的花拼盤，讓你看得賞心悅目。而我覺得花最好看的時候，就是同色同種一大堆隨意亂放一起，即使是被視為過時的劍蘭，白的紅的橙的，那一片淨色，都比百種花色齊放於一瓶一籬笆內好看。不因甚麼簡約整齊就是美，那是還原花最自然狀態的自然美。

花不只是如色板般的道具，還能讓我們在水泥鋼鐵金屬中引進大自然的氛圍。你說，玫瑰在野地或農場中會亂七八糟的混在火百合康乃馨當中嗎？都給放在一個瓶中，失真之餘，只落得同歸於盡。就像公立的花槽，大部分都像在發揚創造傳奇一刻的精神，幾個獨立的花盆，隱身同一槽中，假裝同一土壤竟然同時綻放的奇觀。

如果僅為市容點綴，何不以假得很像真的假花了事？如果花除了色，還有值得我們品嘗的地方，那不妨過激地說一句，在大街小巷商場及會所的一眾花團錦簇，都是真作假時假亦真的贗品；花是真的，花意是假的。因為，過路人如我們，從不覺這花開花謝，如永遠長春，花早已不再與天地自然有關，只是一個人造世界的機械性裝飾品，只比霓虹燈替換得頻繁點。

當目睹漫地盡頭的一片薰衣草，依然是很多人的夢想，會帶來震撼至感動時，誰忍心再讓花容在市容中錯配？

日本每年三四月的櫻花，在共生成林怒放如雨中，給遊人體驗的，又豈一個美字了得。一下「櫻吹雪」，催促了多少比感官更深一層的觀照？

所謂「鬱鬱黃花，無非般若」，黃花倘若只置身於萬花輪迴擺設的槽中，憑何顯現甚麼般若智慧？每朵花有每朵花各自散發剎那芳華的天時地利，在瓶中花一如鏡邊花飾的世界，我們已無從體會花開出的道，只餘砌出來的花道，或更不堪的萬花叢。

古人能有「落花不是無情物，化作春泥更護花」的感悟，不可能從花市中拾得。沒有，不可能了，花越來越多姿，路越來越整潔，花瓣與秋葉都給第一時間掃去，「生如夏花之絢爛／死如秋葉之靜美」再不是個有血有肉的比方。

人啊，替每種花加上標籤，玫瑰代表愛情，甚麼代表甚麼，花離開自然，人自以為弄花成市。

只恨花市開了花事了。

清一色與混一色

一個花瓶，不懂花道的，只要插上同種同色的花，即便是劍蘭，有人會覺得比較老氣的，也不會出事。

一片田野，極目所及的都是黃燦燦的油菜花或是淡淡紫的薰衣草，在火車上看著一畝畝黃或一畝畝紫，在窗邊向後掠過，場面總比一片百色爭豔的花圃來得難忘。

那種美，就像十三隻或十六隻麻將都是萬子，色調全是藍襯紅，那叫清一色之整齊美。

六七十年代內地的衣著，同一款式，不離藍綠，從高架橋上俯瞰下去，人潮在一片藍綠中流動，整齊，無異色，卻看出了無可選擇，不容選擇的無力感。如果「淒美」二字會害人沉溺，用在這個屬於那年代的集體回憶，該從沉溺迷失到反省警惕。

紅衛兵的紅，清一色的動作姿態語氣，整齊得令人恐懼。萬眾一心與萬眾一色，從未如此醜陋過。只因那顏色，是思想經有毒顏料漂染後而變成同腔同調，個人色彩迷失在集體染色中，反而覺得百花亂放撞色撞出問題，才不會出事。

當年台灣天下圍攻春風吹又生的黑金政治，在總統府周邊的凱達格蘭大道上，由一點紅聚成一片紅海，而那片紅中包含了藍營中不同光譜的藍，以及無所謂藍綠的，都因反黑而紅。那清一色之美，是放下小異而求大同的美。

另有一種顏色組合，叫混一色，仍以整齊取勝。假如不懂麻將，將所有當代蓋成的草根豪宅都擺在一起就會懂了。每個人住的大廈，就像大富翁遊戲代表房子的綠塑膠，一色一式地一樣，無分彼我，樓樓兩忘於江湖。

在這有關地產大亨的遊戲紙板上，形狀跟代表房子一樣的紅色，則代表飯店，在一個城市中倘若也只餘兩種顏色，非紅即綠，走出一樣的家，逛一樣的商場一樣的街，那整齊規律化的混一色，就是生活的顏色了。

素色，就是如此又安全又危險，既壯觀又壯烈，能感人也嚇人，亦美亦醜，可雅可俗。

教我如何掛好一幅畫

室內設計公司教人掛畫，客廳大塊的牆「要」選大幅的，飯廳的牆，所謂飯廳的牆，以香港的環境看，那一定是指餐桌上的那一道牆，「要」掛小畫，而且忌把很小的四幅拼成一體的慣常做法，理由是那會讓人看得眼花，又搶走了飯廳的焦點。

把「要」字加上括號，是因為在室內設計這個本來該天馬行空的玩意上，不該有要怎樣要怎樣這個前設出現。由屋主自行設計的話，該在可行範圍內想怎樣就怎樣，發覺不對勁才再遷就未遲。

特別是關於畫，不但題材色調千變萬化，在客廳一道大牆掛一幅小畫，是不成比例，但不成比例也自有其美感與性格，還得看牆身是甚麼顏色，畫又是甚麼顏色。畫色淺，與牆色相近，即有種與牆融為一體的感覺，反差大，則有在大空間之中跳出來的生命感。更何況，一個空間最後出來的整體觀感，燈光布局決定一切。畫有沒有跟畫燈，是反光還是聚焦，決定了以整體布置為主菜，還是以該畫為焦點，畫的內容又夠不夠重量成為焦點。

室內設計公司教人要如何如何，規條先行，怪不得示範單位*都只分兩種，不是科技派，就是古典派，悶出鳥來。

*樣板屋

盧山煙雨浙江潮

蘇東坡寫過一首奇詩，奇在只得四句的七言絕詩，頭一句竟然跟最後一句是完全相同的。詩曰：「盧山煙雨浙江潮／未到千般恨不消／到得還來無別事／盧山煙雨浙江潮」。

如果寫的人是個小學生，老師也是個專門伺候小學生的，說不定這作業會不及格，有偷懶嫌疑。修辭派對著這好像隨口吟來的詩，也該無一事一字好說。可以說的，就剩下最初與最後的盧山煙雨浙江潮，到底有沒有差別。

很多想去的地方，當初也不過因慕名而不去不快，去過一趟後，便發覺盧山煙雨浙江潮就是盧山煙雨浙江潮，一來一回後，留下來的感覺跟想像中的煙與潮，沒有多也沒有少，這樣會很掃興嗎？

期望的原點竟就是實現的終點，自然覺得意猶未足，百聞不如一見，一見後與聽聞的同一個模樣，還是有點不甘心。從旅遊的經驗去理解，錢塘江的潮看完了，再壯觀，不外乎留低一陣嘩嘩嘩，跟沒去過的人說起，也只能回應錢塘江潮就是錢塘江潮。重點可能就像詩中第三句「到得還來無別事」。有事發生，才令風景不只是風景。

世界上有很多個廬山，惹起很多人欲睹其真面目，睹過真面的人，你問他埃及怎麼樣呢？杜拜又怎麼樣呢？一般都只能三言兩語把你打發掉，要說的，不會比旅遊特輯所見所聞更仔細。就像從前去過一趟內蒙，回來向好奇者做個口頭報告，包括睡在蒙古包裡的感受，喝羊奶的滋味，然後呢，然後再無話可說，就未免有點掃興，去時無邊草原蒙古包，回時一樣是無邊草原蒙古包。幸好還算有事可記，記得的不是學騎駱駝的經驗，而是去的人都習慣晚睡，草原天黑得很快，極目所及，外面一片黑漆天地，是草原沙漠還是南區海景也無知無覺，又睡不著，於是在蒙古包內打起撲克牌來，其中有幾局的激烈戰況，比草原的戰況還要深刻。這就是「到來有一事」，有事發生就彷彿不枉此行，儘管是幾小時贏了又輸輸了再贏的小事。

其實，我知道，假如，同行的人不一樣，或只剩下一個人，眼看對蒙古草原每一寸毫無分別的綠，想像著當年漢武帝打匈奴的事蹟，該可以體驗到甚麼叫無處為家處處家，這正是遊牧民族飄泊生涯在軍事上的優勢，生活的環境也決定了不一樣的人生觀。

這原是沒有事情發生而又可值一說的事，如果去過一趟想去的地方，可說的只是微不足道的事，每個人肉眼所見沒多大差別的風景，所有廬山都會變得不外如是。是去的人辜負了景點，還是景點讓去的人失望了？景與境一字之差，差別大概就在這裡了。

為到過的「廬山煙雨浙江潮」與歸去來時的「廬山煙雨浙江潮」，本來是同一景，只恨景易得而境難求，誰叫我們總是要有事發生過，才有製造回憶的能力。

紫砂茶壺的茶漬

有次在廣播道路口有個老人家，擺了一地的舊茶壺在賣，是他找錯地方生錯年代了，此時此地，誰會買他的紫砂茶壺呢？即使我小時候在家喝茶，都是從一個不鏽鋼保溫瓶倒出來。用這個來喝紅茶已經勉強，用來泡龍井，甚麼一旗一槍都無用武之地。

香港從來沒有講究過喝茶文化，一般茶樓無論開甚麼茶，都用大大個茶壺，再也沒有用蓋杯的，枉稱一盅兩件，幾曾見過那個燉盅？在街上真正要喝茶，恐怕只得往台灣走。

台灣鬧市中的小巷，隨時有一兩間喫茶館，還保留著最地道的民初布置風格。桌旁有火坑，上置瓷壺，邊聊天邊看一下水，等水中蟹眼冒出來，到水燒開了，自己動手來泡。最有名的一家叫「紫藤廬」，開得很大，在一間古樓中。牆身長滿攀藤植物，裡面樓高很高，還開有兩層，放滿很多雜誌好書，每件家具我都想拿回家裡去。這裡是民進黨未執政時綠營老大們清議政事的熱門地。多年前我與當地朋友在那兒聊到台灣的事兒，剛到興頭上，朋友神色忽然有異，說「小聲點」，原來許信良就坐在不遠。

此情此境，在香港恐怕終身不會遇上。即使有閒情逸致這兩大條件，有客到，談的恐怕不會是國事，最後租金也會逼有心人認命結束營業。出來喝東西聊天？不是在酒店就是蘭桂坊的酒吧，一想到喝，就是喝紅酒，喝西式紅茶，別說精緻的喫茶館。如果不是人均壽命高，真怕賣茶葉的老字號都經營不住了。難為回歸前李瑞環說紫砂茶壺的茶漬是好東西，不要輕易拋棄。在港英臣民面前打這樣的比喻，真是對牛彈琴，也不明港情。

炒生物炒死物

既然當年鬱金香都可以炒出個熱潮來，大概沒有甚麼是不可以炒然後賣的了。

有次在花墟看中了一個盆景，有一株微型榆木扎根在類似桂林的石山中，猶豫間花農可能人急智生，說這類樹根入石山的盆景，製作需時，打理得好，會越來越值錢，意即，可以一炒。

這豈非等於藝術品，買回來先飽了自己眼福，還可以賣出去造福世界，真是福慧雙修。但即使是藝術品，也不見得只升不跌，曾被基金會垂青的幾個中國當代油畫大匠，在最近幾個拍賣會中都出現流標的情況，更別說那石中一株榆了。

如果盆景也可炒，龍吐珠的極品名種白金龍當然可炒，稀有的國蘭參賽奪冠後自然當炒。這些生如夏花絢爛死如秋葉靜美的東西，忽然暴斃又是個甚麼炒法？

有些生物會炒死，有些卻像巨星、畫家，死後反而當炒。最該炒的就是木材的屍體。在北京參觀過一家仿明式家具店，都以新木料製作，有沒有舊木？有，店旁的倉庫，便收藏著大堆大堆的原株的老舊正宗細葉紫檀樹幹，原來都不打算用來製成家具，都在等炒。可以想像，下一手接貨的人，也不見得會把這冠軍木切割成實用品，同樣都在等炒。

這批老紫檀在明朝已被採光，只因當時流行黃花梨，而清代愛紫檀，用的都是明朝留下來的料。剩下來的木料，不是捨不得用，而是在物主手上發揮無用之大用。在這樣一場交棒儀式中，千年成材的紫檀因硬度高而命薄，一一倒地成死物，但死得也未免太冤了吧？

炒茶

從鬱金香花炒到棉花、從預售屋炒到車位、從白米炒到玉米，有了商品基金及期貨，覺得可居即有可炒之道。任何商品的價格，只要是可升可跌的，便免不了鍋氣。

意想不到的是，有些茶葉，給茶農在鍋上短炒後，然後讓買家以收藏之名，進行中炒活動，待價而沽。茶農的掌心留下高溫燙出來的繭，看來也作出過多元化的貢獻。

早幾年，普洱茶的價格忽然暴升，掀起了一片炒風，只是怎麼想怎麼看，都覺得那只是炒得瘋了，而且肯定會回復風平浪靜。那年就有個平日不好茶的朋友，帶來了兩餅普洱，說是內地大人物送的，每磚值四萬塊。他倒是大方得緊，聽說了普洱可炒，便留下一餅用來投資，一餅則即場剝開一小片，好讓我們也嚐嚐帶有投機味的普洱，是否真箇一泡一境界。

內地誰都可以是大人物，大小難辨；一如普洱，不識貨的但見那賣相夠舊夠老夠黑，便一律視之為陳年。本想跟他說，陳年不一定就是上品，次品放得再久，也不可能增值，更何況，天下有難得之貨然後盜賊生，舊普洱有價，自然就有作假的舊普洱，比弄假雞蛋還要容易。

果然一喝，我大喝一聲，這茶很生。本來生茶也可收藏到變老，但到時人也變老了，普洱的價格即使沒往下調，賣出去難道還可以當退休保障？那樣尋常的生普洱，他終於還是決定立心一炒。見他炒而不精，連撬開普洱的工具都沒有，巴不得他炒茶炒出個癮來，紅黃綠白茶不分，以後見有極品龍井，也留著不喝，等到一旗一槍都變黃了，也沒有發現極品已不值一文，讓他白開心幾年。誰叫他放著現成新鮮龍井不懂享受，反而貪圖日後未知有無的小便宜，想換將來的享受？

炒信

古籍善本向來是拍賣場的固定項目，只是近幾年越趨火紅，價格失控。如果這不是給炒出來，真的不知作何解釋。

中國嘉德二零零九年春季的拍賣會，亮點之一是一批民國名人書信。亮到令人目眩的是那成交的天價：梁啟超致胡適的一批信札，三百多萬成交；徐志摩的百多萬；陳獨秀的，四百多萬。不敢說買主都是炒家，炒應該是在短時間內找接火棒人的活動，這是錢多得不愁來處懶問去處之人的嗜好，分別在有人集郵，有人收藏古錢幣，而這些人收藏書信而已。

搞不明白的是這些書信有甚麼好收藏，真會久不久拿來翻閱嗎？敢嗎？不怕不小心把信翻裂了，破壞了比善本更稀有的孤本？看著梁啟超親手寫下的墨跡，誠惶誠恐如接奉天承運皇帝詔曰的聖旨，如何得到附庸風雅的樂趣？這樂趣大抵在於發財後以「擁有徐志摩墨寶」來增加一點「文化氣息」吧。

這些書信是如何從收信人輾轉流落到拍賣會？不是有利可圖，有可炒處，為甚麼不好好珍藏，或捐給博物館成為公共財產？可以想像，胡適的後人，珍存先輩遺物的意欲，及不上變賣變現的誘惑大，當初如果不是賣出去的，難道是送出去的？

如今健在的大人物，想讓他們的後代做長線投資的話，煩請委屈一下，發了電郵之後多做一層工夫：把內容親筆謄寫一遍，最好就是毛筆字啦，更好是先找來清宮廷用剩的極品開化紙，多沾點書香味，就多了點增值本錢。否則，那些與名人朋友交流的書信，即使都有存檔，可是一個 command D，便只是無限量完整無缺的善本，孤本才能造福子孫哪。

丟書

以前常常嘲笑老人家之家，收藏了一排排空瓶子，玻璃的塑膠的，連寶特瓶包裝都沒有撕掉，說是將來好利用，又不是開雜貨店，其實是捨不得。結果新來的比將來來得快，庫存下來，未來有生之年應該也來不及用了。

報應很快來臨，時光這個賊，偷走了摸不著的東西，卻為我囤積了許多東西，一晃眼，我的家也很像老人之家了。

汝之糖漿他人之砒霜，有人收藏等待再生的瓶瓶罐罐，我搜集並收藏等候閱讀的書，真的，沒有誰比誰值得，此刻相信寫得不好的書，還比不上能裝新酒的舊瓶。

其實在物件的光譜中，書本已經屬於溫和派，以個體計，不佔地方又容易團結成一堆堆，可惜海量的書，無論水平如何，總沾上了文化產物、然後是遺物的光環，不狠起心腸，很難拉它們下台再掃地出門。

這次大掃除，輪到書，最易優柔寡斷。前陣子，聽一朋友說他幾乎每個月都會網購一次，一箱箱深圳來的大陸版書籍，比港台版本便宜很多。我第一疑問，不是別的，是土地問題，因為我知道他住所有多大，想請教他收納心得，看看能不能參考一下。

以為不外乎分兩到三排，少看的看過的放核心，未看好看的放外圍，誰知道，誰想得到，都不是；世上竟有如此一雙辣手摧書手，又絕情得這樣實惠，他竟然把新買來的書，因為比較便宜，一律請人幫他掃描成電子檔，當電子書閱讀。

然後，書呢？全送到有分類的回收站，可以再生成為紙張——他說的，我不敢肯定分類有沒有分得這樣細，那些印滿過一堆可能有點意思的白紙黑字，有沒有真的還原成為全新的紙張，總之，雖沒焚書，這樣坑掉完好的書本，我無論如何下不了手，總之還是那句話：寫了等於沒寫、看了等於沒看卻坑陷了有限光陰的書，價值一定比白紙低，白紙還有可能會記下曠世奇文的空間。

我問：怎麼不想辦法捐出去，送到有需要的地方呢？不是有甚麼漂書節的活動嗎？以你水平，看的東西總之不至於不值得別人一讀吧？

朋友搖搖頭，一點點還可以，太多的話，嗯，這是書啊，誰要看啊？你看看書展過後，賣不出去的書，書商寧可犯規把它們就地遺棄，也不願意付倉租，博取一個繼續銷售出去的機會，可見買書易、藏書難。捐書？你以為那是過期名牌時裝，一個捐字就一呼百應？送書捐書，等於為難人、捉弄人的意味。

捐書絕對不等於捐血，我明白，可也絕對不同意完全沒人收留，只要不是垃圾書，看完了漂流到想看的人手上，圈子再小，也絕對可行。難是難，可我這朋友分明是怕麻煩。我相信總有辦法，把還會看書的人聚集在一塊，彼此以有易無，也不必未看先丟，這做法聽在為採用甚麼紙質而思量再三的裝幀設計師耳裡，是會懷疑自己生命意義的。丟書包惹人煩，丟書呢？

在家裡開聊天吹風會，點了一炷香，過不久，有人說：這香，真的香啊。我說，我是在玩香道，不是在拜神啊。

香，本來應該是香的，但那人此言也不奇怪。一般人聽到香，除了蚊香，就只知道熏到天花嗆到鼻子的香，那是拜拜用的，家裡設有神龕的話，應該很熟悉那個畫面，還是一枚小學生時就想，那麼難聞，為甚麼會叫香？我們凡人都受不了，先人居然會覺得好聞，滿天神佛又會接受，因而對燒香的人另眼相看，施予特殊優待的命運？跟大人去萬佛寺拜拜，但見被膜拜的對象都黑著臉，分明是長期給大炷大炷香熏黑的，這樣好嗎？真的會有好報嗎？拜拜會焚香，本是一種儀式，想到這香都不香，真是認真就輸了。

早前有位藏傳佛教法王，提醒善信燃香供佛時要小心分辨香的成分，別錯買了取自動物身上分泌物製成的香，這樣不是熏香，而是「葷香」，比沒供佛還要糟糕，是造業啊。

我想，你就想。一般燒香拜滿天神佛的人，在坊間買到的香，少幾分化學成分就真正要還神了，動物分泌物，例如龍涎香麝香，一枝多少錢啊，會不小心「間接殺生」的機率，很低，憑價錢不用靠鼻子聞。反而應該擔心日燒夜燒，化學物質會燒出真正的孽，神佛不聞聲色香味觸法，你凡胎肉體先燒出了禍，種下了病根，不然到香火鼎盛的廟宇裡不停深呼吸看看，真是佛都有火。

如何分辨香有多化學，有專家説憑香灰可以判斷，香灰顏色若是偏黑，香灰掉下來很散，是化學成分所致，純天然植物提煉出來的一般偏淡色，呈團狀。我看，化學與科學猖狂，甚麼效果造不出來，還是憑自己嗅覺比較可靠，太嗆鼻太塑膠的香，不會香到哪裡去，可是太香的香，除非真是動物製造的，不然也是化學人工香。但價錢與來源比鼻子可信，還是在日本百貨公司買的，比較香而不嗆。

真正的香，是暗香浮動忽爾襲人那種，若缺乏耐性，心不夠靜，越用力索，越難感受到。我懷疑禮佛會焚香，當初也不過是要讓人心靜而生虔誠，是為自己的心而修的，不是燒給神佛聞的。不過，會覺得拜得神多神保佑、觀音會免息借錢客串財仔的人，怎麼會有耐心，心怎麼會平靜？看看爭上頭炷香的場面，五官因興奮而扭曲的浮躁樣，說人慾橫流也沒冤枉，求福還要搶第一名的，會答應玩這遊戲的神，深懂引蛇出洞之道，看誰貪癡最熾盛，也不知是來自何方之神聖。

原來有五分之一港人經常失眠，原來這比例已經足以成為全球之冠，我還以為每一個晚上五個人有一個失眠算是稀鬆平常。

報章報導有這樣一段頗為文藝腔的描述：「眼見時間不斷流走，心中萬分焦急，但數了幾千隻綿羊仍無倦意……」文藝在哪？在綿羊。要數，為甚麼不數熊貓，不數海龜，而要數綿羊？數綿羊這玩意，其實是不是個傳說？睡不著覺的人，有誰真正試過數綿羊？或者只是大家都有這個講法，講多了，便好像變成民間智慧？

資深失眠者都該知道在床上太專心想睡或想任何事情，只會越想越清醒，越發不能放鬆。數綿羊即使只是在心中唸著一隻兩隻三隻，並沒有開聲，始終是心在動：哪管綿羊彷彿比山羊溫柔點，用數東西來達到沉悶效果，悶到昏睡，實在是餿主意。

想悶到昏迷，不如回想一下我們會在甚麼場合，明明是精神奕奕也變得不省人事，不就行了？從前上課時聽不及格的老師教課，任何有趣味的題目都聽到悶出鳥來，還有，看一些五分鐘都沒有一句對白的文藝電影，也真能讓人因悶而放鬆，直至瞓死。那麼，在睡房中做甚麼能有類似的催眠效果？各人都有自己的悶穴吧。

我有個頗有效的良方，就是想睡的時候，開著錄播新聞台，賴在床上只聽不看那些立法院會議啦新聞發布會啦，在一大堆耳熟能詳而沒有甚麼意義的術語中，得到反反覆覆單調的沉悶感，等同一隻隻模糊的綿羊走過，又不用勞神數算。聽著一齣齣對白不絕但說了等於沒說的悶偽電影，還要早知道結局，真有風動旗動心不動的催眠作用。

與蟑螂有緣

日本一婦人，在家裡收集好一袋袋蟑螂，往某超市送去，說是不忍殺生。有人說此乃動保到變態之極致、有人說她己所不欲而必施予人、更有人猜她跟那超市有仇。

我說，此案情不簡單，若為報復，這齣捉放蟑螂太費周章；若為放生蟑螂，往溝渠裡扔掉就是，那麼愛護動物，該知蟑螂頑強生存能力，是真正自古以來天下皆我有的物種。一般人發現蟑螂，不是打砸就是噴，不管怕不怕牠，也斷不會花時間用塑膠袋收集好的。總之，就是有點點變態，跟這懼怕的對象，有種曖昧的關係，與蟑螂有緣。

有沒有搞錯？緣？沒錯，凡事不可解釋，就稱做緣分。某說：天下沒有無緣無故的愛恨。即便詭秘難測如愛情，當初一句句我也無能為力，多浪漫；事過境遷後掐指一算，何嘗不是有因有由，沒想像中情難自控？倒是蟑螂，卻真莫名其妙，數天下昆蟲，能讓英雄勁尖叫的，非蟑螂莫屬。

但理由呢？此物固然傳播病毒能力驚人，但捫心自問，又怕又恨蟑螂的，消滅消毒過後，又何以會對其爬行過的浴缸留下陰影？同樣有害人畜，老鼠會咬人，蟑螂不，成功殺牠死的機率，遠高於老鼠。那麼，從外貌協會角度看，蟑螂會比蛇蟲鼠蟻恐怖？沒錯，蟑螂腹部長得如一雙眼睛，這個，最多可以話牠醜，醜令人厭憎惡，但醜的人形物體大把。蝴蝶翅膀何嘗不是長有一對偽裝的眼睛，幾時有人嫌牠醜？

這就是緣，否則又何以解釋，蟑螂有緣人之間，每看到有關此物報導，例如某坑渠發現上千蟑螂片段，都會互相瘋傳，一如鬼故事，無感的才懶得反應。上週就收到一則「手打小強須知」，怕歸怕，掙扎糾結了一下，還是忍不住點進去，一看，果然夠驚悚。但是，從務實角度，想撲滅小強，有必要自我噁心嗎？越害怕的東西越禁不住想「碰」，呸呸呸，應該是想知道想接觸，這什麼心態，什麼情意結？還好，蟑螂有緣人這種越怕越尋根究底的精神，總好過自欺欺人，一句：我怕，別搞我，就迴避，以為蟑螂不會爬到枕邊舌吻他。

按摩欲求永未滿

有次跟友人説：我去按摩，是最不划算的，來個三小時全身按摩，鬆弛中博到一個三小時的囫圇小睡，可回到家中，門還沒打開，找鑰匙的時候，全身肌肉又再繃緊。友人説，你這算賺到了，我在買單後在電梯裡已打回原形。

話畢我們滿有默契地相視而笑，對，只有長期處於肌肉收縮狀態的人，才會了解躺在睡床上手指依然不自覺捏成一個拳頭的滋味。所以那些只因工作操勞或坐姿不正確而去按鬆肌肉的人有福了，按完後又是一條好漢。我與友人也不是甚麼異種與賤種，只是，我們當時都是焦慮症患者，肌肉與血管收縮，根本已成常態，與坐姿及心情無關。非同道中人，很難跟他們解釋為甚麼在吃喝玩樂時，喉嚨都緊得如給無形的鬼爪捏著。

沒試過這神奇體驗的，才會對我們建議，香薰浴鹽等等等等，真是夏蟲不可以語冰。正常人遇到壓力，肌肉會收緊，那是大腦發出的溫馨提示，腎上腺素也幫一把忙，好讓事主面對壓力時身心進入作戰狀態。我們便無辜得很，即使只是約了熟人吃飯，出發前，心也會劇跳到像快要從口裡吐出來。

當時我曾試著背叛腦分泌的影響，理智地分析，這心跳加速，不表示心情緊張，只是忽然心律失衡，只是一首小調忽然要搞個搖滾版罷了。可是我們騙得了內心，矇不了肉身，最後只好當自己死了一樣，那身體並不屬於我。有一次，明明在輕輕鬆鬆地幹著熟已生巧的細活，肉體卻如臨大敵，實在氣不過，便摸著頸背，安慰它說，你這是幹嘛，皇帝不急太監急，腎上腺素，你懂不懂中庸，懂不懂過猶不及的道理？

把這思覺失調般的自言自語經過寫出來，不是想訴苦，只是想向按摩欲求永未滿的人，發個溫馨的警號。

做假成真

在北京亮馬河古玩市場轉了一轉，一個半小時左右，全程沒有發現有別的顧客，從進去到離開，就只有我和兩個內地朋友。忍不住就問其中一家店主，他說打從奧運開始，就是這樣子了，金融風暴一來，更是無事可為。怪不得他們都聚在店門外玩撲克牌，我們稍為問一下價，都誓要纏著不放，都說今天第一單生意，甚麼都可以再便宜點，就當拿個彩頭。

我只知道，內地嘉德翰海的文玩拍賣會，春季預拍都得到不錯的成績，並沒有受經濟影響。那只能說明，最富有的一群，損傷再慘重，身家後面少了個零，還是可以奢侈如常。亮馬河高碑店這些低檔一點的市場，才真正首當其衝。

這也不能全怪在不景氣頭上，但見亮馬河裡的小店，所有東西都弄得髒兮兮的，動不動就說這是宋汝窰出來的真貨，價錢卻可以從幾千給殺價到八百，還要強調不是仿的。真正存世的汝窰遺物，也不過那幾千件，八百元有交易，要騙人也騙得太爽直了，太不給羊牯個面子。走著走著，只有不忍的感覺，他們一天要說多少遍不必要的謊言，才能生存下去？最弔詭的是顧客也不是省油的燈，用仿製品的價買那號稱是真古玩的貨，也不揭穿那騙局，大家皆大歡喜，各取所需，圓了一個又一個謊。於是我也入鄉隨俗，用八十元買了一個說是清朝的竹製筆筒，還是百寶嵌的。回到飯店，把玩一番，真假莫辨。幸好是偶然的顧客，如果真要做這個維生，謊說得多了，也不知晚上如何還能安樂安眠。

第四章

胡言後聽你亂語

不成世界

如果嘴巴只能夠吃
而不能講話　或接吻
如果手只能夠指指點點
而不能夠相握　或敲門
如果只能睜睜地看
而不能閉目
如果水只能夠止渴
而不能澆花
要是愛只能夠勒索
而不能解恨

假如火只能夠燒房子
而不能取暖
假如風只會吹
吹折所有直立的東西
要是床只能夠用來睡覺
而不能
要是工作只能夠果腹
而不能
如果歌只能夠頌
而不能

如果人
只能求存

「我只要吃一籠小籠包」

按正常程序，台灣鼎泰豐食客要先排隊，領到號碼牌後再點餐，點好了再等座位，這制度節省了等餐時間，也讓人覺得需要速戰速決，否則對不起外面的人龍。

曾經有位老人家，當眾挑戰這制度，連插隊都省略掉，大剌剌進去佔了個位子，堅持「我只要吃一籠小籠包」。店員勸退不果，店長說不動，連商場百貨樓管都出動，都拿他沒法，最後談判好，必須在二十分鐘內吃完就走。此事上報，若有完整畫面記錄，不失為一則傳奇式廣告，孑然一身老人，只要吃一籠小籠包，頂住了虛空，太豐足了。再深挖下去，或者老人跟鼎泰豐有甚麼淵源，或與小籠包結緣，跟舊情人吃過畢生最難忘無以取代的一口溫飽，之類呢？全劇終。

回到現實，有些老人家最會把年紀視為資產，都老了，不販賣一下豈不吃虧，常常揣著聰明裝糊塗，廣東人叫詐癲納福。何以見得？老人家吃完了一大籠小籠包，還點了一碗湯，這碗湯，把一切浪漫傳奇色彩都沖走了。

若你是店方，該怎麼處理才最理想？滿堂客人，僵持越久，會影響分秒必爭的生意，決絕請人來請他引導他，直到勒令帶他離場，會有人說這美味包子太沒人情味了；現在以不折騰、不擾民原則，犧牲守規矩的原則，會引來他人仿效，此案例一開，根據普通法精神，往後還如何維持秩序？怎麼做都會有人說。

制度不外乎人情，以人情味見稱的台灣，息事寧人是意料之中。大除夕晚有人在KTV打架，警察來了發現是兩對在滴血的情侶，酒後糊塗而已，算甚麼傷人案？傷人者說大好節日麻煩了警察，抱歉，警察則勸說別喝太多，多一事不如少一事。鼎泰豐不執行店法，若在香港，很可能一句兕回去，把人轟出去不報警就很厚道了。

同情？餐廳又不是醫院，老人體弱先處理，急診也得看狀況訂出緩急先後，只是急著吃，又不是不讓他吃，同情甚麼呢？同情他的大前提是，他自己先要承認違規是做錯了，賜他一籠小籠包吃吃吧，他年輕時對社會貢獻過，無功也有勞啊。鼎泰豐以後會不會惹來很多老中青年人，個個都帶著苦衷來插隊，把制度破壞，就看懂得自重的人有多少，品德夠不夠填補鬆緊隨意的制度了。

啊，現在才想起，香港有快餐店是設有關愛座的，那麼，哪些人值得關愛，獲得特殊厚待處理，哪些人沒資格，由誰說了算？

吃螃蟹的人

台灣朋友約吃蟹，我第一時間溫馨提示，那時候香港有毒大閘蟹鬧得正兇，擔心他們消息不靈通，不知情之下慢性服毒未免無辜。後來搞清楚，原來那些蟹都是在當地生產，來自台灣苗栗，但也給他們搞糊塗了，一向以為來自陽澄湖的才叫大閘蟹，其他在大閘裡養殖的只能算是螃蟹。

過去在香港見得多正宗陽澄湖大閘蟹，先入為主，須得有太湖之水養出來的方屬正品，否則都是山寨蟹貨，就像抹茶要來自京都，不然都有染色成分似的，不如不吃。當然，玫瑰的名字改了依然是玫瑰，但是一個湖畔有廢料場垃圾山的太湖，就不再是太湖，正如大閘蟹之味變了，有沒有大閘，也只能是普通螃蟹。

到了朋友家，蟹來了，才知我又搞錯了，他們只是說家有蟹宴，而台灣人不作興吃大閘蟹，他們甚至懷疑吃大閘蟹風潮是由海派港人帶起的，台灣人也只是應節，不時不吃，秋天蟹肥，不吃白不吃。

我曾經不能吃蟹，會過敏，後來居然又解禁，沒事。即使是這樣，也從沒熱衷過，除非是大大隻的皇帝蟹爪，大剌剌一口一個滿足。器材一大堆，每個階段每個部位拿起不同食具，在蟹殼上精雕細琢出一抹抹肉絲，放口裡一不小心動作過快吞超速，只有過程沒有味道，那蟹肉就歸於烏有，得來全枉費工夫。只挑蟹黃吃，又好像缺德，撿便宜德性有點失禮。

我不是沒這耐性，是不覺得這哪裡是吃，倒像在廚房裡做幫閒細活。於是想起第一個吃螃蟹的人，最初見這東西長得古怪，全是硬殼，怎麼看都不像是食物，所以都象徵勇於冒險探索求真、想像力創造力走在時代尖端等等，實在有理。滿座吃螃蟹的人，雙手忙碌，卻忙而不急不躁，吃完一盤再蒸第二回，慢條斯理吃了足足兩個小時。只剩下我一個人搞定了一隻，口腔閒下來，不斷在發表講話。

他們說，吃螃蟹，講究的是過程，結果呢，其實弄到口也已經丟涼了，沒那麼重要了。我說，這不正是有疾而終的愛情嗎？不正是為求不得最可口的良藥與藉口嗎？這經驗還不嫌不夠嗎？他們又說，其實，吃螃蟹呢，也像香道茶道，是一種讓人靜心專注的過程，讓節奏慢下來的修行。我心想，弄得一手蟹腥，若跟香道茶道同流的話，難怪說，道在便溺中了。第一個吃螃蟹的人，果然不是一等閒人物，是有閒階級。

吃心情

昨晚吃到一尾由販魚朋友送贈的海三刀，如今算是罕有之物了。可惜諸事纏身，心不能靜，吃得爭分奪秒，理性的舌頭吃出那是佳品，快感維持十分鐘；對那條難得之貨，不是不內疚的。

每人的口味，不一定有同嗜焉，卻必然聽過有句話叫「食不知味」。我常想像把《紅樓夢》裡描寫過的食譜來真的，做出一頓紅樓宴，但條件是有賈府一眾人物在座。賈政邊舉筷邊板著面孔考驗座中人學問有無長進，鳳姐舉筷含笑間語帶譏諷，珍饈百味都成蠟造的道具；等於陳雲林離台後還對圓山飯店的牛肉麵讚不絕口，實在很難想像陳會長有甚麼心情吃出台灣牛肉麵的美味。

我一向相信吃的最高境界，是歐陽修〈醉翁亭記〉所言：「醉翁之意不在酒」，吃喝之意也不在食，「在乎山水之間也」，在乎心情心境也。我最懷念的一次「飯局」，是在台灣陽明山，半夜三更，與一位喇嘛及一台灣歌手成三人行。在小店裡聊過天文地理再而論盡佛道，吃的是說到累了就點來的小菜，有土雞、龍鬚菜、地瓜葉等，做得很隨意，離精緻食制標準甚遠。桌椅皆髒，但彼情彼景，土雞特別有禪味，食在不知味而在知趣。天色隨我們隨興的話題慢慢浮個大白，台灣土產的野菜在胃中消化成回憶，真是人生哪得幾回嚐的快意豪情。

地瓜葉其實即番薯苗，近年在香港菜市場及超市開始有售，但我知道再吃不回那山那菜那心情了。

那麼多食經食譜，儘管隨精妙如林文月女士寫的《飲膳札記》弄出一場滿有文化的盛宴，舉座還是要講對手講話題講心情，感官的高潮，永遠不及吃喝時，光影聲色。吃，是學問，也是情懷。

銅鑼灣有家日本料理，之前很多娛樂圈中人光顧，有一道麵叫「學友麵」。據說是張學友要求在原先菜單上的標準拉麵上，加上天婦羅、牛肉、雜菜的配料，成為一碗百搭雜錦麵。被店家改名叫「學友麵」，是一個最典型的行銷手法；吃學友麵，也在吃著學友的口味。

比學友麵知名度高出萬倍的，還有大千雞、東坡肉，在原有的烹調方法上為遷就名人喜好而衍生出一道名菜，平添一個食制市場。只是當初受張大千提議而做出來的大千雞，那餐廳都不知所蹤了，那做法不斷流轉，成品想必如張大千畫的贋品。到任何一家川菜館，點一客大千雞，也不過是超辣的炸雞塊，根本不能了解到張大千真正的口味。

另一種名菜，背後有一個無從證實的故事。杭州的宋嫂魚羹，據説是因宋徽宗喪失半壁江山又喪失胃口，御廚也幫不上忙，最後由一個叫宋嫂的想出了用易入口的羹湯再加上活捉鮮割的桂魚片，令皇帝重拾胃口。

這道菜還有別的典故，預科畢業後初到杭州，就是受那些旅遊書飲食指南影響，而專門去嚐一下這個曾拯救過厭食症的宋嫂魚羹。那時還不失為一個赤子食客，想像力超過理性的計較，彷彿吃下一道宋詞餘韻。

後來在港也有幾間做杭州菜的，為懷舊故，吃了很多次這個魚羹，不是生粉太多，就是桂魚條切得太細，沒有嚼頭，去你的甚麼名菜。還有一道乞兒雞，背後故事是萬歲爺在外餓了，當下沒有鮮貨，有人想出用泥包著那隻先用荷葉裹著不是活烹的雞，加很多醃菜，烤它一段長時間，遂流傳下來成為令人聞名而垂涎的菜式：叫化雞，幻想空間多誘人。不過，如果你喜歡吃煲湯的湯料，那才好吃這道菜。

現在都學乖了，吃典故，吃故事，除非能重回當年明月當時店，否則，想像越遠，失望越近。

吃氣氛

那些年，《米其林指南》首度推薦香港美食，金榜題名的共有二〇二間食肆，能獲三星級的只得一間在四季酒店開業不久的中餐廳，其餘二三星級的也大多開在酒店中的名店。一看這個名單，就可想像食物品質之外，吃的環境，特別是衛生間的衛生程度也佔一定的分數。製作這些供遊客的飲食指南，真是費時失事。據説唯一的三星級中菜廳，當局曾「微服」試菜百多次，耗費人力財力，聽來挺認真的。我只是擔心，遊客真按這權威推介來判斷香港與美食天堂的距離，恐怕誤差難免。

那些開在大酒店的中菜餐廳，當然也有好吃的。可是如果我是遊客，到異地總希望吃到最道地的；道地除了口味，也包括吃道地的氣氛。開在酒店的，價錢先放一旁，單是那一式一樣的環境，就悶得吃出鳥來。吃固然是旅遊的重點之一，但在豪華酒店吃，就不能邊吃邊感受當地的風情。在香港四季酒店吃，跟在台北遠東飯店吃頂級中菜，吃得再好，那環境有何分別？到台北不下幾十次，除非要談事情貪圖個清靜，否則，必然光顧的是通化街之類的夜市。邊走邊吃，熱鬧滾滾，甚麼都試一點點，每次都想起香港開到荼蘼的大牌檔。

多得以衛生與阻礙公共空間為理由，如通化街夜市又髒又亂的飲食文化在香港都受到整治，納入店中。即使是一條飲食街，也慢慢一如大商場，吃到不同的味道，只吃差不多的環境氣氛。從前銅鑼灣避風塘還有艇家賣燒鵝粉的，在搖晃的微浪中挑燈吃燒鵝；那鵝，很難稱得上好吃，卻回味至今。再好吃的鵝，在店裡吃完就吃完了，味蕾一時的滿足，哪夠得上情景氣氛在腦海中的回味長久。而吃，不是為了回味，又為了甚麼？

在台北吃小籠包

在台北覓食，我一貫只負責吃，跟著友人吃過的店名，大部分過胃即忘，吃貨團問為甚麼，我說，我沒放心上，記性用來記住好吃處，不值得。何況現在根本不用記，有個大概位置，在手機上眾裡尋他，那店保證在燈火璀璨處。

對，是手機，所以對吃很講究的團友，就站在街上紛紛低頭，搜尋附近美食，逐個逐個點上去，看食物照片、閱讀評論，居然搞了半個小時還沒有結論，我不耐煩這種亂七八糟的議會民主，喝問中西日韓東南亞，你們到底看中了哪塊版圖，若你們當明天就是世界末日，想吃甚麼才此生無悔？在台灣吃日本料理最划算，同一水平檔次，在台灣結帳跟在香港價碼一樣，不過一個是台幣，一個是港幣。經此一問，團友顯現了人性共通點，就是不知道自己喜歡甚麼，但是知道自己不要甚麼，說日料留待在日本吃，再開了個會議，終於回到最安全的永康街。

看見在信義路永康街口的鼎泰豐總店，人龍排到腳踏車專用道，團友才忽然醒悟，他們旅程目的，原來是要尋找一群願意跟你等半小時吃幾打小籠包的朋友。在台北吃小籠包，鼎泰豐固然最有名也最有把握，但代價太大；但開在其他百貨公司的分店，聽說味道跟老店有距離。其實一轉入永康街走幾步，就有一家高記*，小籠包做得也跟鼎泰豐沒兩樣，都是皮薄餡多肉汁那種，如果不是真老饕，玩蒙面食家遊戲，不容易分辨出來。可惜團友上輩子沒嘗試過等人滋味似的，堅持勿忘初心，這份心力若用在人生其他追求上面，一定會有大成就的。

* 店已結束營業

其實在台北吃小籠包，道地台灣人介紹可以到杭州南路近中正紀念堂那段，有兩家老店，是做攤販起家的，雖不如大店高檔高價，但客多而不用排隊，至於高下，人人口味不同，也不妨一試。可惜團友不甘心，人膜拜神話以及口碑相傳的神奇，真不容低估。聽說金石堂書店在很旺很旺的忠孝東路店都做不下去，開在鼎泰豐旁邊這一家，卻撐得住租金，無他，我常常路過目擊那四五點鐘也不散的人龍，很多分流到金石堂看書去，逛完三層，時間也差不多，有得吃了。如此，即便是等，從不買書看書的人，先補充精神食糧才填飽肚皮，也不算冤枉。

美食家推薦的牛肉麵

「阿食家，尋找他鄉的美食有甚麼心得？我改天就要去台北，人人說台灣牛肉麵很好吃，你有何推薦？」

「請叫我美食家，謝謝。覓美食唯一秘訣，是看哪家多人排隊，就跟著排。跟內幕消息買股票會虧蝕，跟食店人龍吃東西，保證不會吃虧。不好吃，怎會有人犧牲人生最貴重的東西去吃它一頓。」

「甚麼東西那麼貴重？」

「光陰啊，人生有幾多個十分鐘？等三十分鐘，才吃那麼一碗牛肉麵，十分鐘就吃完了，你以為吃貨都是蠢貨啊。人龍是靠口碑煉成的，真是一步一口水啊。」

「可是、但是，口碑也可以靠水軍吹出來，可以作假啊。店主也可以在開業時故意放慢手腳，人造人龍，自製哄動。若事成，才加快速度，這叫虧頭賺尾。」

「非也非也。此作假之勾當，其勢不能持久。古美食家孟子有云：『口之於味，有同嗜焉』，很難長期做假。民意載舟亦能覆舟，排隊過後吃了瘺，反彈更大，負評如潮哦。」

「更古的古美食家李耳有云：五味令人口爽、五色令人目盲。若有無知新丁，或者具獨立思考者，想測試民意有無水分，不人云亦云，於是人排我排，豈不是也會成為免費生招牌？若以羊群效應為指標，你這美食專家還有生存空間嗎？」

「非也，我除了會指出牛肉有多少牛肉味，還可以說，台灣牛肉麵有哪家用牛腱、哪家用牛坑腩，更有用沙朗的，各人各有好惡，正如麵有QQ的，也有綿綿的，有我這神燈，就會吃到最想吃的那種。」

「如是我聞，永康商圈以及八德路上被評為冠軍那兩家，又是何種口味？」

「那兩家我都沒去過，何以故？要排長龍才吃得一簞食這種傻事，我從來不幹的。除非吃了能飛天再算。」

「我明白了，天下沒免排的美食。為口福計，以後發現好吃的，慎防拍照點評，要保持機密。古美食家老子有云：天下皆知美之為美，斯惡已。也有這個意思這個道理。」

「多餘，老子我才不吃這套。所謂 best kept secret，可以守住就不是秘密。你跟你的生死之交說連雲街有間好吃，你的生死之交又跟他的刎頸之交說這間是正宗四川口味，結果一樣，越秘密越傳得快。身為美食家，我並非浪得虛名。美食者，吃得開心就是美，跟美麗人物同吃，甚麼都是美食。」

「OK，收到。」

魚翅的祝福

傳統人家一說到婚禮，無上宗旨是「要辦得漂漂亮亮」，好看得體的條件，一是筵開席數夠不夠多，二是菜單要豪。豪者不離傳統鮑參翅肚，海參有幸，一般不會成為顯示婚宴主辦方誠意與實力的工具，而魚翅無端流傳下來變成最重要的指標；無翅或散翅裙的翅宴，會予客人以寒酸之感，會讓主人家丟臉。

老一輩人愛風光大婚，以客人多、食物貴來證明那將是一段有誠意的婚姻，還可以理解。可是魚翅不可少是哪門子的傳統？鯊魚無辜還不止於此，死都死了，好歹屍身也給用心品嚐，也算不枉此生。但說實在，酒席上有多少人專心於食物？看重食物的，也只是以價錢來衡量菜式高下，給他們來一道最好吃的清蒸豆腐，也是浪費。有這樣的賓客，也才有這樣的主辦方吧？

抑或酒樓、主辦者跟他們都是危及鯊魚生存的共犯？

一場婚宴，收到紅色炸彈的，當中有多少是懷著祝福人家成家立室的好意赴會，毫無怨言的呢？這也怪不得他們，是主辦者不好意思不請，受邀的不好意思不去，有些客串客人，新人男女方都不太熟悉，一一是堆砌排場的人肉工具，跟鯊魚同命，也屬受害者。

網上說的：「魚翅婚宴．七折人情」這招數也真夠絕，誰想擺闊，就得付出代價，辦婚宴靠禮金彌補平本不虧的機會更渺茫。婚宴最終是想一次過收集他人的祝福，不靠人多，也不差那幾條翅針，何必為祝福將來不一定會美滿的婚姻，便禍害了鯊魚的未來？

讓婚姻秀下去

近年的婚宴，賓客繳付的禮金，說難聽點，除了是與當事人合資舉行大典之外，還可以當作欣賞幸福秀的入場費。很多婚禮顧問，即以新婚夫婦為首的主辦方，比從前傷腦筋多了。全場舉杯同慶前，新郎新娘講講一些場面話是不能讓賓客滿意的，中場還得把二人追、求、訂、結每個過程娓娓道來，而且單憑口述而沒有拍成短片加感性中帶搞笑的旁白，今時今日這樣的服務態度是不夠的。

婚禮於是越辦越長，很多資深婚宴客開始不耐煩，於是又出現了一些故意低調的新婚夫婦，本著多一事不如少一事的原則，把婚宴辦成流水席，全場 rundown 就是吃喝與敬酒兩個橋段。他們人抵想不通，明明結婚是兩個人的事，又不是作為轉投創意事業的過關試，幹嘛要開那麼多製作會議去娛賓。

最近一位好朋友結婚，因為多年來聽他自命孤獨老人，終於還是「娶」得出去，所以對於婚宴沒有把成婚之路演繹一番，有點賓主互動不足之感；可惜啊，讓大家在循例祝福之餘，也多點了解這條日漸成為畏途的路是如何行出來，好歹也為這婚宴增值啊。

完場時肚是填飽了，可是欲求還未滿。可能太習慣了婚宴要附送愛情發展史，忽然發現把這核心節目拿掉，回到傳統的筵開幾十席，剩下來的活動，只是與同席的人在喧鬧中聊聊天，題目甚至離主人家的頭等大事遠遠的，言不及義。婚宴變成了客人之間的聊天室。多年不見的算是敍舊，保持連絡的只是另一次飯局。

算了吧，婚宴如婚秀就秀下去好了，只要做得真誠，才好算賓至如歸。否則，來了簽個名，中間祝個酒，末了握握手，參加婚宴與餞宴無差，來賓來這一場幹嘛？

食蕉

我那位健康飲食達人，建議多食蕉，牛奶蕉最好，我以為是牛奶加蕉，原來有種蕉，叫牛奶，有種健康，叫勞神。天下如此多蕉，究竟哪蕉會教健康控折腰？疑惑間上網看，不得了，關於食蕉，最矚目有「香蕉的十六種功效」，由舒緩情緒、減焦慮抑鬱到抗癌一條龍，另一條影片的標題更絕：「一日一蘋果過時了，現在應該是一日一香蕉，醫生遠離我。」可同時又有「吃香蕉的四大禁忌，你吃對了嗎？」也有中醫師對食蕉的忠告：「寒涼之物，不宜多吃。」嚇得我，我若花上撈一個博士學位回來的光陰聽書做功課，百無禁忌食蕉，一定中招。

花了我命中寶貴的個多小時，因眾說紛紜，疑惑依舊，只有唯一結論，就是食蕉有益、多吃無益，我不能說這結論有點廢，這陰陽平衡凡事不能太過的道理，早知道把時間用來看《道德經》、《菜根譚》甚至《易經》，更是一舉兩得，身心都兼顧到。

過了幾天看電視新聞，台灣的新聞台除國際大事知情不大報以外，幾乎甚麼都有，最關注的是吃得好與吃的健康。那位營養師說糖與熱量的陷阱，一路下來列出幾十樣食品，都超過人體所需，都於三高人士有害。營養師偶爾會指出某幾樣高危的家常食品，歪著嘴一副不屑狀，說：這些我都不吃，這個我絕對不會碰，那個我已經告誡身邊朋友，能戒掉最好。那些都是甚麼危險品呢？也不過是米粥、豆漿、奶茶、烏龍麵。為甚麼危險？營養師如數家珍，每樣含幾卡路里幾顆白糖，倒背如流。

營養師一日三餐都吃甚麼呢？聽下去，好像餐風飲露是最萬全之策。我忽萌奇想，如果人妻或閨蜜是營養師，會不會活得更健康更命長呢？須知道，營養師把工作帶回家裡很正常，因為健康生死攸關，況且是身邊疼惜之人，關心則亂，眼看老公剛要把豉油王炒麵放進口，會不會大呼一聲口下留人，你這樣要做一萬小時伏地挺身才可以消耗那熱量；老公忽然撒嬌說很懷念菠蘿油，人妻慘叫，你怎麼就不懂愛惜自己呢？你甚麼時候才會潔身自愛呢？然後唸起幾千卡熱量加幾克糖的咒語，直到老公萬念俱灰，不是餐風飲露去，就是豁出去，甚麼都吃，索性以毒攻毒，然後反而是關係弄得不健康，會不會呢？（先戴頭盔聲明，本人極尊重營養師專業，以上只屬誇張假設，經戲劇化處理，不好笑也不要控告我。）

怪胎的煲劇法

如果說煲電視劇會令人上癮，是被動的吸收，會麻痹了思考，那不妨參考我這個怪胎的煲劇法。

我習慣了看歷史劇的時候，旁邊放著一部手提電腦傍身。

比如看電視劇《張居正傳》，看到張居正與其前上司後政敵高拱的恩恩怨怨，唐國強把張居正演得好到過了火；所耐煩劇，所知進退，如何會惹得身後舉家淒涼？不合理哪。於是想起高拱在臨終前寫下的〈病榻遺言〉，力數張居正罪狀，寫得咬牙切齒。這時忍不住便把劇集腰斬，即時上網重溫那洋洋萬言散發的怨氣，閱罷，再把光碟倒帶到唐國強跟高拱泯恩仇一幕。這個把歷史小說、歷史劇、正野史交叉對比的遊戲，真讓我玩得樂此不疲。

許許多多這些具爭議性的歷史人物，千秋功過本來就是任由後人評説，都只是一家之言，看劇中途看書上網，不是為了在小説家編劇家塑造的場面與文字資料間比對誰真誰假，而是在這場跨媒體的玩意中，感受歷史是如何寫成的，所謂身前身後名，又是如此的無所謂。

《明史》中的張居正只得一個平面的素描，熊召政筆下的張居正是一個生不逢時改革家的面目，唐國強的張居正是個有血有肉的大好人，沒有給張重用過的海瑞説張工於謀國拙於謀身，梁啟超則説明朝只有張堪稱政治家，那，張居正跋扈僭越貪污的説法又該如何看？到最後，誰的説法有理可信並不重要，揣度誰出於甚麼價值觀甚麼心態甚麼需要，得出這不同的説法，才是有趣之至。

沒有歷史劇把歷史人物任意褒貶，如何讓這些思考變得立體有趣？

誰還在家中恭候

收費電視的電影頻道，都是些甚麼人在看呢？電影迷都跑進戲院裡或買了光碟吧，那麼，剩下的觀眾大概是無所謂分子，即是看看你播甚麼，還能看下去就看，也不介意那部電影已看了幾遍了，遇上不喜歡看的就轉台去也。

選擇電影台的，有多少是抱守候心態看戲，值得存疑。所以，對這些頻道大量的宣傳片既不耐煩也大惑不解。例如現在才十二月中，這些宣傳片，大鑼大鼓地預告某部「新片」一月幾號在該台首播。那新過了的影片倘若真的很值一看的話，很多人早就看過了，未看過的觀眾，會記住那幾月幾號屆時乖乖地待在電視機前恭候？

這玩笑開得也忒大了些，都甚麼時代了，給觀眾自選，還要看大爺們有沒有那興致，要為一部舊片的首播時間放心上，念念不忘等候節目編排發落？誰都知道首播後便會重播又重播，總有一刻會碰上，不愁看不著。我們工作的日程不能自主，好不容易才捱到了影視娛樂自主的時代，多虧高錕，在家中甚麼時候想看甚麼就看甚麼。

把殘酷又不方便的現況說白了，有些人連光碟都懶得買來看，寧可在電腦上看低畫質的畫面，頂多日後多付一筆診金給整脊醫生。這是真夠可悲的，想把電腦影迷黨搶回到電視螢幕前，惟有增加資源，讓自選影院提供多些電影，節目也轉換得頻繁一點。那些宣傳片，與其自暴其短宣傳某月某日首播某片，倒不如用來報一下可供自選的新貨吧。

沒有選擇的年代

現在消閒也得講效率，若要先付出耐性才換來剎那娛樂，便不合世情了。因此，電視台劇集也要一星期播足五集，才可能留住比較被動的那群觀眾。另外還得在官網上有一連五集存檔，供性急主動者一口氣圖個暢快。所以，劇集是用煲的，一煲湯要五六小時才入味，一星期滾一次仍能滾出高收視率，那齣劇集要有多吸引，才培養到觀眾的忠心？

時間不等人，觀眾也不等戲。日本以一部十一集為標準的月九劇，逢週一一集，追看的人要連戲，記憶力與投入感都不可少。這本領，在過去娛樂節目選擇不多的年代，卻又好像與生俱來的。

至今仍記得鄭少秋版的《倚天屠龍記》，每星期五播出，每集一小時，不可謂不矜貴。那時倒是乖乖的待在電視面前，好不容易才等到主題曲前奏響起，未播先興奮，連等待也成為娛樂一部分。就像《小王子》裡給馴養了的狐狸，僅聽見主人遠遠傳來的腳步聲，便已樂起來。是啊，那時都是給馴養了的電視迷，為了《倚天屠龍記》，星期四已有倒數的快感，星期五過後又有種惘惘的失落，有點談戀愛的況味。

如今即使把整套劇集買回來，但主權在手，誰能耐得住每星期看一集？就算刻意為之，也不會重享當年等待的樂趣，那些日子不能回頭也不容模擬。不為甚麼，只為那時人家甚麼時候給甚麼就看甚麼，也不知天下之大，還有很多可追之事，竟以被規限為樂，成為時間表的奴隸。莫非就因沒有選擇，才會培養出奴性，且還甘之如飴？

第五章
若回憶偶爾活現

大氣

沒有米氣
還要有呼吸正常的血氣
沒有血氣
還要有足以散步的骨氣
沒有骨氣
就會有空氣般的人氣
別生氣
沒有人氣
還有非人簇擁的邪氣

沒有脾氣
就要有被誤解的勇氣
別等天氣
沒有運氣
就要有自力的力氣
沒有力氣
就會有襲人晦氣

別慪氣
維持自己稚氣
笑看那兇人戾氣
不外乎預告即將洩氣

要養氣

以保持銳氣

對低等動物動怒氣

嗺氣*

---

*浪費力氣

古人都是大近視

由 Tony Buzan 開創的 Mind Mapping 創意思維法則，中文名為心智圖或心圖，說得簡單點，就是一幅胡思亂想的路線圖。路線圖終點，大概就是創意或創見的果實所在。

我常常胡思亂想，卻沒有動手把亂想的地圖貫串起來，並繪成圖畫，最近一次胡思，終於記錄了由起始到終點的亂想，原來也是個挺好玩的遊戲。

第一站是腦海無端冒出了「鑿壁偷光」四個字，這樣會教壞小朋友的民間故事，遺害並不比「賣身葬父」淺。這故事自然為表揚勤奮讀書的精神，看，窮得連蠟燭都買不起，為追看那黃金屋，不惜借隔壁的微光也堅持讀書。但是把人家的牆給捅穿了偷光，像這樣自私自利的讀書人，不鞭撻就算了，還流傳成佳話，難怪那麼多人認為做著一些真理在我手的事情，可以踐踏傷害別人仍一副理直氣壯的樣子。

第二站，等等，隔壁既還亮著燈，即還未就寢，儘管牆是豆腐渣造的，也會被鑿牆的聲響警覺有賊人在拆屋，不報官才怪。那這故事會不會是虛構的呢？

第三站，在電燈還未發明的年代，寒窗夜讀的學子，以至專門夜批奏摺的皇帝，都只能靠蠟燭取光，於是開始明白古代的線裝書字體比現在必須要大上好幾倍的原因；然後，開始懷疑古人大概十個有九個在少年時已患上大近視，年少老花而不自知。

第四站，如果古人視力無問題，是否證明中醫的明目方子不僅能防範未然，還能以枸杞之類的食物讓變差的視力還原？如果古人原來都是一直頂著幾百度近視做人，又沒有眼鏡可戴，他們登山臨水，觀遠處落霞與孤鶩齊飛，想必與現代人所見大不同。那麼，古代水墨畫偏向於講究以神為先，以形為後，以虛的神表現形的實，是否因為普遍都患有深近視的畫家，看見的山水比真實的山水模糊了許多細節，才形成寫意不寫真的美學觀念，工筆畫於是好像落了下乘？

第五站，目前對古人真實生活的研究，多著眼於人文方面，從古畫筆記中想像還原。連慣用帶有水銀毒的青銅，作為喝酒的盛器，導致二千多年來中國人腦袋出現了問題的奇論都有人提出過，硬是沒有人想想一個大近視的民族會對其發展有甚麼影響，奇怪。

終站，古人秉燭夜談夜讀夜遊，有損視力，今人以電腦來交友聊天讀書看報做一切可做之事，卻因螢幕太亮而視力急速衰退，老花年輕化。現在終於明白十多年前聽人說眼鏡生意最賺錢是甚麼原因了。亂想完畢。

面對台灣書業也一落千丈的大勢，有心人推廣讀書風氣更不遺餘力。可來來去去主力推廣的方法，總是離不開推薦，推薦人也離不開名人或讀書分子。

香港幾個書獎，一個由老師推薦出一個好書候選名單，再由學生一人一票直選出來，即是說，仍然有篩選機制。為人師表者手握提名權，自然要顧及身分，推得得體。另一個好書獎純粹由讀書分子小圈子互選，更背負品味與層次的考量，一般選出來的名單，都會把本來怕書的人嚇跑。針對的對象，仍然局限於會看書的人，他們才須要這樣的推薦。

鳳凰衛視資訊台有個叫《讀書好》的節目，有一次推薦《永不微笑的國王》這本書，記載一位外國記者眼中的泰王。這類書營養成分極高，也正是被推薦的典型樣辦。怕只怕最終會變成咖啡桌書，放在家中會客當眼處，放在被訪者口中，很多人聽了買了，不一定會老老實實地看，卻可以堂堂正正地，標籤自家的品味。

這品味其實不能代表真正口味，品味是隨大隊擺出來給人看的，而口味也有可能被主流牽著鼻子走，只不過，口味比品味更能反映真實情況而已。有次接到一本讀書雜誌邀請訪問，因為忘了回覆，沒有成事。我想，也不是甚麼壞事，因為我估計最終還是離不開最近都在看甚麼，會推介甚麼。會看讀書雜誌的人，自有其閱讀的名單，看這樣一個訪問，不外乎知道本人當下的書單。我自問，可會坦誠地一一相告，是以品味還是口味為依歸。最近在讀的有蔣勳的《孤獨六講》與《中國漢字之美》，這是夠水準的，但《孤獨六講》出版已久，現在才看，會不會自暴了落後呢？在讀的還有《水晶蝦養殖》，這就好像荒了腔走了板，上不得桌了。

作為一個讀者，我最想看到的讀書訪問／報導，是突擊或偷拍那些讀書人名人普羅市民，亦即全人類的家宅，究竟都有些甚麼書，重點是背包與枕邊。特別是枕邊，在暗室中無對象可相欺，也無須自欺，枕邊書最能保證書主有看過。知道甚麼人在看甚麼，比知道讀書分子想人看甚麼更有意義。例如，有次李嘉誠說睡前都會看書，但是從不看小說；從不看小說，是甚麼心態，對性情有甚麼影響？這，就很有啟發性與思考空間了。

迷信金句

電影版的孔子，在周遊列國遊說以仁治國失敗後，這位孤獨的推銷員，失落如喪家犬，這時候，電影編劇讓孔門弟子顏回說了一句安慰老人家的名言：老師，你不是說過，一個人如果不能改變這個世界，不如改變自己的心。

一位老牌政評人，在批評這套有「河蟹*」嫌疑。

好端端一句勸世善言，忽然也變得奸邪陰狠，別有用心，可見一切所謂箴言，都沒有絕對性，都是可妖可憎的文宣工具，既是明心見性之藥，也可以是麻醉劑；場合錯配，或角度偏執，勸世醒言即成妖言惑眾。

*河蟹是「和諧」的廣東話諧音，出自中國大陸的網路語言，有被掩飾、修改之意。

這句話其實可以錯可以妖到哪裡去？「不能改變這個世界」，那世界是大世界，活在其中皆為制度受害者的世界，還是個人際遇不濟未濟的小世界？當中分別可大得緊。

改變不了世界的醜陋，就以變心來自慰，還不是妥協投降缺了脊樑的牆頭草？慢著，改變自己的心，可沒說明怎麼個變法，可以是逆來順受連信念都被迫生變的心態，也可以是重新反省如何可以改變世界的心思。

回到個人小世界，種種無常煩惱無理遭遇，改變自己的心，就是王道了麼？慢著，如果那個改變了的心，不是心隨事而流轉，只是心懷委屈而勉強不抱怨，只落得更委屈，屈成更可憐的變形蟲。

而即使是心能流動如水，如果沒有天生柔軟的身段，每次有事來襲，都要如唸咒語般想著要如水如水，原先的煩惱是給丟下了，石頭不那麼尖銳椎心了，餘下更大的煩惱，就是忙於扮水。面對本來就應接不暇的沙石，考量著這次應化成瓶裡的水，還是天空一片雲，心是改變了，變得更累。

心可以改變，但如何改變，為何改變，不能不問。改變你的心的心態，比變心更重要。

有太多太多的格言，不論範圍處境國度，以為放諸於四海而皆準，準會製造出另一批走火入魔的愚民。天下迷信者眾，迷信一些鬧著玩的習俗，拜拜關公攝取義氣然後說聲拜拜，其實沒甚麼大不了。最美麗的動物最危險，最有道理的東西最容易失道，迷信一則金句，有可能比迷信觀音經營放債業務更愚痴。

甚麼？不懂得操作電腦、不會在網上溝通，也算是文盲？是的，最近聯合國對文盲的定義，就增加了兩條，除了過去不識字的，連上面兩類人都歸入另類文盲。

有沒有言重了？某大名鼎鼎的經濟學家，在其專欄內仍帶著一種高傲的口吻，久不久就有意無意表示他不懂電腦也不用電腦，需要確認某些資料瀏覽得從知識的hardcopy——書與期刊翻查，或打電話問朋友算了。這大教授好算是文盲？不，但他為甚麼會懶得翻查資料？這個我大有同感。過去做研究論文，要找資料，就得在圖書館用盜墓的代價去找尋有關藏書，連電腦尋書的設備還沒有弄好，時間成本大得抵消了研究的興趣。那為甚麼大教授又安於現狀？那大概因為一通電話就問到所需，他可能不曉得，他的朋友能快而準地使命必達，也是從網上一按，就找到想找的某期學術期刊某篇論文。這是間接地享受了文明的便利，又維持了不知驕傲何來的電腦盲身分。

很多很多年前，網界還沒大如天地，電腦依然被視為工作的器具時，友人在家沒有電腦，我已覺得不可思議，問之，答曰：「不想把工作帶回家中。」現在這答案也很難成立了，網的名字起得太貼切，包圍的不止於工作，是生活每個環節。因此更不明白至今還視長期上網為病態的人，抱的是甚麼心態。

網既無邊，本身也就是個中性的載體，不同人在其中各取所需，載體本身沒有好壞的分別，視乎你的眼球在上面都做了些甚麼，想看些甚麼。任何事情做得過了，沉迷變成沉溺，都是病態，這不是那既可載舟亦可覆舟之水的責任。電腦為我們提供的方便，功勞之一是節省時間，亦即變相拉長了生命。

只是方便的另一面，也在考驗我們的定力。很多沒有想過要看要找的，就在太方便的連結中，促成一段很難自拔的旅程：從部落格八卦人家的生活，那陌生人喜歡的一首歌，按到了聽歌的地方，從那地方又看到了一段短片，那段片又引領到一個名人的方方面面。這些，都是在出發前沒有想過的行程，有些時間是花得不值的，於是，同樣也是浪費了生命。

單是用電腦工作，不管是在辦公室還是家裡，要專心一志，就比從前要難得多。也別說現在很多人在公司邊工作邊買賣股票了，這是主動出擊，分心無怨。那神出鬼沒的網上談，才是天大誘惑。記得小時候考試前夕，為逃避教科書帶來的壓力，連最沉悶瑣碎的新聞都看得津津有味，但那些誘惑總有個盡頭。如今面對電腦工作，要逃避的不是壓力，而是要躲開那個一按即來的避風港，有著太多的風景可看。也真是無辜，某次不過為要寫的東西找些參考，這一參考就參了一個通宵，要寫的沒如期寫成，不必要知道或重溫的，倒打亂了時間表。

如果說不會上網是另類文盲，這類文盲可免去遊不一定值得一遊的花園，也有它的好處。這才為那位大教授找到他驕傲的唯一原因。

捨本逐末的玩具

蘋果電腦曾推出的滑鼠，靈敏到人手在上空比劃一下即可控制，如果不是偶爾失靈，這設計倒是很有趣方便。新產品繼續——iPad平板電腦（即iPhone加大版）即將面世，那也是很趣味十足的小玩意，讓人在越來越大的螢幕上用指頭指點網上江山；再大一點，終有一天大如一面牆，再配合遙劃的功能，多年前湯姆克魯斯在電影《Mission Impossible》手指指的畫面就成為現實了。

這些都是很迷人的小玩意，假如有那麼一面電腦牆，在谷歌地圖上手一揮，就從香港北掃到珠江三角洲，予人虛擬的權力感，教上了網癮的人如何將息？但這也只是個玩意而已，與臉書與推特的意義大不同。有時會懷疑，這麼多聰明的腦袋設計出來的科技產品，只是為了讓玩家玩得更爽就滿足了，在產品設計前有沒有做個用戶所需的市場調查？

要說看好的行業，我會隨口說是賣眼鏡與當眼科醫生，誰叫電腦產品總往刁鑽的概念發展，就是忽略了使用者很需要的——不傷眼睛的螢幕。電子書能做的，電腦螢幕為甚麼就做不到？幾乎可以肯定，以中國網民之眾，將來視力衰退者必冠全球，為甚麼電腦商偏不在這方面多下點工夫？每次離網後，不止視力模糊，也倦如虛脫，長此下去，不是辦法，電腦商要業務持續發展下去，能不能先逐本捨末，先做好該做的？有一天邊吃飯邊推特微博的一族，在搖晃的畫面中都患了大近視超散光，最終誰的損失較大？在發明那麼多予人驚喜的玩具前，請先研發低輻射的電子螢幕或其替代品吧，這才是以人為本。

開卷有益健康

大概人人都聽過：書中自有黃金屋，書中自有顏如玉；書到用時方恨少；一日不讀書，語言無味；還有最絕的一句：愛書才會贏。

無需要美國發表的調查報告，都知道全世界讀書風氣進入熊市，有很多人一年都沒看一本書，這調查最見血的是指出平均愛讀書的人較快升職加薪，收入與生活水準也較高。這與上面眾多歌頌書的名言，同出一調：功利。

讀書是為了贏，為了要用，為了上進，為了在書中找一間黃金屋。多讀書確有這功效，但也犯不著要以誘惑及恐嚇的角度來鼓勵閱讀風氣。這樣，叫讀書太沉重了吧。

為了投資而看曹仁超《論勢》，為了人緣而看曾國藩《處世方圓學》，為了解決煩惱而看《世界上最快樂的人》，為了練好英語而看時代雜誌字典，都有好處，沒有可議之處，可惜之處是懷著目的去看書，就忽略了看書的樂趣，把所有書都變成工具書，壓力未免太大。一般說起讀書，就好像是上進的表現，那沒有錯，但舉個例，我近半的生活近乎自閉，工作之外搶時間看書，有友人不忍，說人需要娛樂，來打麻將吧。我回答：「看書就是我的娛樂啊！」他們認為我在敷衍推搪，坦白說，看書比贏麻將快樂得多，過往花在國粹上的時間，現在已悔之莫及。

不必對世界好奇如我，讀甚麼都津津有味，就隨便拿起一本喜愛看的書看下去，管它是不怎麼樣的愛情小說，管它有益無益，看得開心就是了。這個隨一頁頁揭下去的專注過程，其實無異於靜坐，讓思考交給作者，讓自己壓力放鬆，讓現實的節奏轉移。

讀得書多的俗稱讀書人，很容易有看不起某些開卷後沒有得著的書，推介的盡是巨著：《狼圖騰》、《黑天鵝效應》、《探索地球的和平》，但有些人就是讀不進去，勉強沒幸福，反而給嚇怕了，書確然有好書不夠好書之分，也有境界之別。不過，人是會不滿足的，只要曾經享受過一本書，就會慢慢懂得追求滿足感更高的書。

二十多年前一次看出快感的閱讀經驗，就是在氣喘病發作時，平躺不是，側睡也不是，生平拿起第一本亦舒小說，因為淺易平實之餘又有大快人心的金句，看得舒暢，一口氣看了三本，都渾忘了氣管收縮之苦，從此成為亦舒迷，追隨到第二百多本。要說亦舒的小說好嗎？很多同輩人的愛情觀都由她飼養長大，這就夠好，以小說論小說，有不足之處；但好看就夠了，嫌太簡單，可以看一脈相承的張愛玲，人性的陰暗也讓你看出興味，看多了，嫌太刻意，夠勇便看《紅樓夢》，境界更高。

問題是愛看才去看，同樣是旅遊書，看指南介紹美食景點，或是看《文化苦旅》，境界當然有別，不過，先放下甚麼境界，看書可以是消費偏低的娛樂，比打遊戲於身心都有益。

看書看戲看劇

前香港特首曾蔭權曾在書展開幕禮道：「看書比看電視劇看電影更能刺激思考。」

很多名人被拱上以閱讀為主題的訪問時，到了詞窮處，大多表示習慣從電影擷取精神糧食。何以故？鼓勵讀書風氣成風，有頭有臉的人，如何有面目承認從不看書？在講不出正在看甚麼書的關頭，就用電影做擋箭牌，好歹也是政府動用了三億公帑支持的文化產業。不過，經特首這麼一說，光憑電影養心，又好像變成不甚思考的觀眾，比讀者彷佛低了一個層次。

看書比觀電影更能引發思考，是聽過這説法。這説法能成立，是因為在書中看出絕妙處，可手倦拋書思慮繁，還是文字比光影聲色更有思想性？用鏡頭說故事、展現人間世，難道就不能為觀眾帶來反思？用文字建構的人情道理，又必然是速食餐，提供更多更快更好的思想養分？

個人經驗所得，翻一下書，確常有霎時腦活神通之功，追看完一套再有意義的長劇，腦筋轉數會暫時慢下來，不能即時就位做用腦之活。但那些電影劇集也不曾辜負過我，那些聲與影會慢慢反芻發酵，可思可考。說到底，樹與林同在，書與影視無差，差別在於看甚麼書甚麼電影甚麼人看又怎麼個看法。看錢穆的《人生十論》，是邊看邊想，看完螢幕中臉與臉之間十幅不落文字的表情合縱連橫，也會不思量自難忘，若看出了人情練達，皆是文章。

清末讀書人張潮說得好：「善讀書者，無之而非書：山水亦書也，棋酒亦書也，花月亦書也。」電影當然亦書也。要讓腦震盪，還得看那個腦有沒有安裝震動的軟體，敏感度又能探測到多少震盪力。

從八卦到六十四卦

有會考生把文言文等同詩詞，這段由考評局發表的報告得蒙報章放在「要聞」一角，可這冰山的一角，實在值得放在A1頭條，藏在水平線下的千年玄冰，一一暖化露頭後，保證如一盤冷水，往國民教育主事人、經濟機遇委員會主席頭上淋到心寒。

把文言文視作詩詞，已是不幸中的萬幸，不知道文言文中有韓非子的〈說難〉、李斯的〈諫逐客書〉此等集感性理性於一身而讀來節奏如歌的美文，也可從詩詞中取回一些韻文的養分，唐詩宋詞起碼是國寶。

更令人驚訝的是把〝Thursday〞聽成〝first day〞，也有拼錯〝snake〞與〝frogs〞的，證明〝try my breast〞並非偶發現象。當我們還在討論我城競爭力的時候，這則新聞牽涉的公眾利益，比大宅門內東西宮爭寵更值回一個A1吧。

八卦，另一個説法是好奇心，好奇心人皆有之，是做人做事做學問的推動力，也可以是樂活的誘因之一。不過萬事萬物離不開一個陰陽平衡的法則，好奇會殺死貓，八卦的胃口倘若偏食，也會殺掉自己的競爭力，除非有條件失掉競爭力也有基本生存能力，那就沒啥好説，甚至應該恭喜。

但還在擔心入職薪水偏低的一代，好奇範圍離不開誰是誰的親生子，在記者堆中從豪宅進出的名車價值若干，那麼，離開強制教育後，只被這些小八卦餵大的，知道了有種名車叫Maybach，有間豪宅叫Mayfair，對〝May〞字不會拼錯，卻拼錯了〝February〞，那又憑何在本地或內地或任何角落競爭？

好，一不做二不休，八卦心不往橫發展，可以向深處挖掘，對Maybach發生興趣，進而知道奔馳最大市場就是香港，並研究出一個理由，再認識寶馬如何瀕臨被收購到起死回生的原因，也不枉關心過別人的家事。

某次在網上看到老闆級人馬交流招聘的經驗，論到港人與內地人的競爭力比較，看著看著，不看不看還須看。一向厭倦競爭，只是，沒有條件失去競爭力的，可不可以把好奇的目光看遠看深一點？八卦本無害，但知道周易六十四卦更無礙。

第六章

尋常像天要下雨

心花。花心

心房不宜太小
租客多即有壅塞危險
放寬一點吧

也能不長期丟空
完全無所住的空即不是空
打掃灰塵也很費工夫
還是有個著落吧

就擁有捨得不再擁有的
就愛上有天不再被愛的

就抓住可以鬆手的

一切

亦等於一無所有

所有

亦等於有無亦無所謂

無所謂才

有條件無所謂

反正

沒有終身租約

一年生一年死

生生死死生生死

懸著一顆空心
心瓣無所用亦隨即凋落

故謂
應無所住
而得其花心

從一道圍欄看見了甚麼？

有次在專賣內地 DVD 的小店內，拿起一部叫《中國古家具》的紀錄片，店主搭口說：「啊，這個最近很受歡迎。」我是家具迷，自然甚麼都看一番，那最近買這個的都是些甚麼人呢？答：「都是室內設計師。」為甚麼知道他們的職業？「一眼就看出來啦，有樣子看的嘛。」

這就是一葉知秋了吧。從一張臉一身衣裝，可以猜出其行業，從一套 DVD，可以看見對室內設計品味的潮流。潮流開始吹中國古典風，沒有好與不好，也不講美與不美。現在才吹，為時沒有晚與不晚，也沒有來不來得及；落後於設計潮流，不損身心，只是反映出本來的跟風，及跟得何其狹窄。香港家具潮流，一向只吹西風，西風中又有兩極化現象：一是上世紀西式宮廷的維多利亞風、巴洛克風；一是簡約主義，只有少數洋人會在洋風中擺上一兩件廣式的中鄉村式小椅，或是一張仿製的清朝服掛在廳堂。

各有所好，本無關痛癢。令人心癢難撓的是，為甚麼一個社會的審美角度總是那麼狹窄，甚至無所覺無所謂無所知？

繼續多來一葉，多知一秋。從窗花的款式離不開那幾款，可以看出不是屋主沒有想法，就是沒有選擇。沒有選擇，自然因為沒有市場；也因為供應商提供的選擇越多，成本越貴，追求利潤的效率，犧牲了社會長遠的文化底氣。

舉一反三，在同一片土壤，差不多的教育制度孕育出來的審美或不審美的眼光，就演化成我們的市容。住宅因追求最大利潤，甭說，單看人行道圍欄，已看出這是個在視覺上很悶的城市。殖民色彩的美感都拆去以後，新建的無論顏色與線條，與大型商場犯上同一毛病：沒有變化，辨識度甚低。

無須知道一道圍欄在政府部門中由無到有，中間經過甚麼樣的程序，最後由甚麼背景有何素養的人決定；幾可肯定，都缺少了一份「心」。

美醜本無絕對，甚至單調也有其可觀賞處。不過，讓我們北看一下，別看那些地標，光看一條由政府造出來的圍欄；在上海，有舊上海中西融合的風格，我卻發現，也有新造的傳統冰裂紋（模仿冰裂狀態的花紋）。舊款新造，代表了有關方面是下過心思的，也包含一份創意。我們常怕上海會取代香港金融地位，別怕，單憑那道冰裂紋，已找到答案。

政府政黨都說香港要做創意產業，別的不說，如果是創意文化，想有機會成為另一條小小支柱的話，先活化一下、伸長一下審美的「觸角」再說。美學訓練是撐起文化事業其中一個抱肩榫，對美沒有意見或有過分的成見，都不是好事。

藝術家的神經

香港藝術館曾舉辦一檔展覽，由名牌店出資出力弄來一批名家作品，挑撥了一些藝術家的神經，鬧出了擔心商品入侵藝術的小風波。

這又牽涉到商品與藝術品是否勢不兩立的老問題，這問題其實老到不屑一提了。就拿那展覽的贊助商來説，本身就曾請日本知名藝術家幫他們設計一系列產品。這種常見現象，是商家利用了藝術家，令自己商品沾了藝術的邊，為企業形象增值，還是有意無意之間也讓藝術家的知名度入屋，讓藝術普及化？至於那日本藝術家，與商業機構合作，又有沒有遭同行鄙視，有沒有聽到甚麼妥協、投降之類的無限上綱的話？

會講出這些話的人，不是酸腐到偏執成狂，就是有心挾持藝術。成了家的藝術工作者，誰不是在商業世界中搞他的藝術，透過商業行為撈到點好處？

我總相信真正的藝術工作者，儘管在創作的屬純藝術範疇作品，也只會忠於自己最單純的心，專注於創作，心裡不會有商品或藝術品的分別心，也不會邊作邊想著這是個藝術品，所以要這樣不能那樣。帶著那麼重的動機心去創作，又能藝術到哪裡去？更別說開口自稱藝術家了，這名號，幾乎跟才女才子一樣，肉麻做作貶值到讓當事人避之則吉。

所謂藝術家脾氣，已成不負責任的藉口、撿便宜的利器，真有自封藝術家的人，就更不消說了。縱使真有本事與商業運作劃清界線，謝絕人間煙火，不販畫，不參展，不與畫廊拉上任何關係，恐怕，那也不表示不貪。貪的雖然不是錢，也難逃一個「利」字，其利在於邀得一個清高之名，以及安守在殿堂裡，做他的高人大家去。

藝術的衍生產品

根據國際慣例，博物館販賣文化藝術衍生產品，沒甚麼希奇，做得恰當實用的，甚至還心存感激。比方説，老找不到一張合眼緣的餐墊，看到一張印上心儀畫家名作的，還買不買？

於是我無端擁有了很多從博物館買回來的，很有「藝術氣息」的小玩意，從達利月曆畢卡索撲克牌，直到王羲之蘭亭集序書法 iPhone 手機殼，真的夠了。可有可無的裝飾品有了個藝術的記號，倒不覺得有甚麼不耐煩，實用品日用夜用，每碰一下手機就沾到了書聖的墨跡，原來也有壓力的，以後也不來這套了。

〈清明上河圖〉的衍生產品也是一絕，從壁紙到世博的活化版演出，還想怎麼樣懷緬宋代的繁華呢？我以為貼了那壁紙，誤把斗室當汴京，已是一絕，誰知道，還有寢具。

台灣國立故宮博物院曾推出整套〈清明上河圖〉寢具，枕頭套床單被套全用真絲織出一幅幅上河拼圖，以為會很俗氣，從新聞鏡頭所見，畫筆線條的用色，只比留白部分深了一點點，算是不失優雅含蓄了，所以呢，索價二十六萬新台幣。

這套天價床具推出至今，只售出了一套，最後卻也跟天匯*一樣命運，遭買家退訂，現在減價到二十三萬多新台幣，仍然乏人問津。記者問路人為甚麼會這樣，這問題也夠無聊，四五萬港幣一套床單被鋪，台灣人人都是郭台銘嗎？可那受訪者說的好：那麼貴，睡在上面不安穩。

對，床具是最後防線，最講實用性。真絲床單有很好的觸感沒錯，但織上了上河圖，怕翻身動作也得小心點，萬一勾出了一個線頭，藝術品就給弄壞了。錢是一回事，睡在上面，常心存警戒，縱能夢回宋朝，在現世又如何睡得香甜？

*天匯是香港島中西區西半山干德道39號的一幢高級豪宅。

符水治心病

還記得小時候，生了病，久治不癒，家人不知聽了何方神聖的建議，要我喝香爐灰水。小時雖對藥物管制法不甚了了，仍然覺得喝下的是一杯染色香料混合物，病治不好是必然的，恐怕還會中毒而死。於是打死不喝，且覺得這是愚民才會相信的荒謬配方。

東漢時期興起的道教，以符水治病，卻矇過了一代又一代的病人，信眾甚廣，否則，最喜以符水治瘟疫的太平道頭頭張角，又如何能組織信眾，發起內地最愛褒揚的農民起義？

對，是農民。當時喝過符水無效的，不翻臉之餘還會盲信追隨下去，可能正因天氣主宰了農民的生計，敬不敬天不曉得，畏天是一定的了，而且那個天，是道教取材自道家的天，是個「玄之又玄，眾妙之門」的天，神秘莫測不可道，故而不敢計較藥效也未可料。另外，當時道士也有個自圓的說法，符水見效，是得了道，無效，只因離道遠甚。

從現代角度看，這分明是江湖術士買雙重保險的慣技，相信的人不是絕望就是無知。但，今人求神拜佛，也不是有人聲明在先：心誠則靈，換句話說，即信則靈不信則不靈，都是五十步笑百步罷了。池田大作在《社會變遷下的宗教角色》一書內說：「一切宗教，或多或少都會有用邏輯無法徹底說明的神秘要素……有時會喚起超越理性的願望和情動……過分強調它（神秘成分），就會使宗教與現實脫離；過分淡化它，對於一切都作理性的說明，宗教也會喪失殆盡。」難怪，還是有那麼多看過《金剛經》的人，仍欲以音聲求佛。而符水，治的可能是心病。

飲符水與喝聖水

寫了上篇〈符水治心病〉後，收到一位讀者兩度傳來同一則電郵，說到以目前科技，也沒有人可以徹底推翻不同宗教不同神祇之說，我又憑何斷言符水是愚民才會相信的荒謬配方，難道「基督教天主教領聖體也是荒謬配方」，並提到過去三年追隨一個道教團體研經習訓，其啟蒙老師就是個濟弱扶貧理念崇高的高人。看來希望我能為說過道教的「壞話」公開平反。

首先，關於飲符水與領聖體的分別，前者不僅是一種宗教儀式，而是治病方式。信徒從領聖體這儀式中體現/培養了虔誠的心，沒有人會覺得需要把那聖水與聖餅拿去化驗，看看當中有沒有令人增加靈性的成分。可我提到漢朝時張角的太平道給信徒喝符水，是個醫治的過程，而面對的病，不是傷風病不是心病，而是一場奪命的瘟疫，相信此藥飲下此水又沒有得救的病人，依然相信是因為自己沒有得道，這樣的災民這樣的信徒，是否有點愚蠢。

其次，我沒有說過道教中人都是愚民的江湖術士，每個宗教都有一批混飯吃的不良分子，敗壞門風，真要還道教一個公道，便要對不重修道傳道而只以丹藥符水招徠善信的道士，以引證真理的精神評之論之。

說到治病，道教在中醫藥的發展中有很大的貢獻，可惜之處正是在良莠不齊中出了一些低手，在科學與信仰中失去平衡，開出吃死了明朝不少皇帝的配方，長生不老的只是道教予人以迷信的錯覺。

不要問只要信

耶穌只說過：不要怕，只要信。後來不知何故，傳來傳去，在很多人心中變成了「不要問，只要信」。有部分教會的傳道人，可能底氣不足，被問到無言以對時，也會用上「不要問只要信」來安撫滿腦疑惑的弟兄姐妹。我聽過最經典的例子是，有教徒不斷問下去，得到的寶訓是：你這樣會走上撒旦之路，離神的世界越來越遠。

把教徒的求知欲，打成是魔鬼的誘惑，把想不通的疑問一下子上綱到變成對神的懷疑，當然是過了火的個別例子。如果換上另一個講法，比如說：「要親眼見過神蹟才信神，要用地上現有的科學知識把《聖經》所記一切解釋個明明白白，這個信字，就不那麼單純了。」

這樣說，會不會比較合理？信神到底是怎麼一回事？不問而信是否比有惑而信虔誠？當年跟在耶穌身邊的看見過治病神蹟的門徒，因為不由你不信，難道就信得比較功利了？

相信一個宗教的確不是一宗買賣交易，我買你，但需要有合約，有驗貨過程，貨真價實證據確鑿才相信對方。這只表示對方有信用，而不是信任對方。別說神，人與人之間的信任，如果只建立在往績，而不是投緣下憑直覺無條件相信，要透過別人的旁證，提供一份品格考評表才說得出一句：我信你，這信任就沒那麼美麗純粹了吧。

千辛萬苦去找尋挪亞方舟的遺骸，若有天大功告成，遺骸的木料間格與〈創世記〉所載無異，招徠一批得到物證便信《聖經》的人，其實算是這個宗教的信徒，還是信任鑑證科報告的探員？

比鬼屋恐怖的寧靜溫泉

有朋友懷疑自己得了焦慮症，又怕一旦看醫生，事情就複雜了。我不明白有甚麼複雜，是怕吃藥呢還是害怕面對確診後的答案。既然這樣，也不要問得太詳細，是無緣無故也會焦慮，抑或真有些遭遇讓他動不動就心跳加速，抗壓能力比起以前呈L狀下滑。

以我經驗，以直覺判斷曖昧的情緒變化，複雜問題簡單化，就這樣問好了：「有沒有越來越害怕寧靜，越來越不能面對空白的時間，總要有事情在做，有聲音在響，有東西在看？」

這問題好像也不簡單，不過只要想想，不開著電視，任由它無意識地喧鬧，就不能放心入睡？本來不同人有不同習慣，只是如果忽然很害怕在睡床上了無聲色，就是不尋常焦慮的徵狀。

焦慮浮躁壓力大，理論上更需要一個與世界與喧囂保持距離的環境，在寧靜的暗處歇息，甚麼都不做，甚麼都不想。

可焦慮人不一樣，沒事可想，反而更容易胡思亂想，把眼前要想的屏蔽了，就會想到很遠很遠，所以倒過來要靠胡思亂想做寄託，而不敢面對空白的腦袋。

就像明明泡在浴缸裡，只有把肥皂擦身時泛起的水聲，多夢寐以求的一個寧靜溫泉，可偏偏就是靜不下來，唯恐寂靜到聽見自己心跳聲，寧靜溫泉比鬼屋恐怖。又好比安安樂樂成功入睡的條件，應該跟隨大自然一樣，黑黑的，不留一盞燈；焦慮人不能，不是怕鬼怕黑，而是沒有光，黑就變成黑壓壓，壓下來會受不住，寧可不斷拿著手機滑呀滑，不斷接收有的沒的信息，直到眼睛腦袋累極而不省人事。

那些信息，無所不包，可以是非常無聊的新聞、看了會有壓力的討論與吵架，在有事纏身時不屑看一眼，到了不能面對空閒，才覺得那是救命的符咒，要以壓抗壓。很矛盾嗎？是，但不詭異，當我們需要靜下來，怕有事情煩擾，應該要把手機平板電腦放在臥室外，好死不死，一旦跟手機隔絕，又開始擔心錯過了甚麼，明明怕有人找，卻更怕有人找而不知道，也不知道有甚麼天大重要的人，一時之間錯過了，會影響一夜的安眠。

以上徵狀，如果很多人都會有，不那麼奇怪特殊，那只表示很多人都有異常的焦慮隨身，程度有異，要不要看醫生而已。萬籟無聲反而不能放鬆，人就是如此矛盾複雜的動物，要做到天人合一，談何容易。

所以許多人都是天生焦慮狂，能 Hea* 著做人，黑壓壓就壓死了再說的，百中無一。說到這裡，如果還是很焦慮，很怕有病，當然要去看醫生啦。

* 「Hea」為廣東話形容詞，意指「無所事事」、「漫不經心」。

在台灣，民俗專家這四個字，是個特別的頭銜，只研究民情風俗中玄之又玄的部分，簡稱子不語專家，即係怪力亂神學家。每逢有火災，報導完正經災情之後，民俗學家就老是常出現，説這房子啊，幾號幾樓是個大陰之數，又或者會引用典故，之前同棟大樓有過火災，然後把鬧鬼傳聞娓娓道來。

掃墓期間，民俗專家當然不能閒著，台灣報載某民俗專家溫馨告誡，山當然不能亂拜，祭品原來也不能亂買，許多水果都是犯戒的。掃墓乃慎終追遠之事，自然要謹慎參考一番。

首先出場的禁果是鳳梨（閩南語：「旺來」），平常象徵好運，拿來拜祭就有反效果。我俗民不明其玄機，給祖先好運不好嗎？用廣東人角度看，炸彈俗稱菠蘿（鳳梨），會嚇怕先人，比較好解釋。然後是一整串一整串的水果，例如葡萄、香蕉、荔枝、龍眼，會有「一連串」的不祥之兆。一連串甚麼？當然是一連串過世，掃墓掃到一連串掃不停吧。俗民我不禁又抬槓，一粒粒的剝下來應該沒問題了。

香蕉，在閩南語諧音「招」，恐招來過世之意，有蕉就更不能有梨，加起來就是「招你來」，問你怕未。這樣聽來，無論國語廣東閩南話，蕉與梨均有同樣諧音效果，蕉梨不能在一起，倒是華人的普世價值觀。

以此類推，廣東人祭奠祖先，別亂講口語，「嘢食嘢食」，會惹來好多遊魂野鬼爭食。

那有甚麼水果合適？蘋果橙沒事，瓜類象徵子孫延綿，大吉。可惜，廣東人的話，瓜瓜聲，難道貪其好聽。說到這裡，唉，其實掃墓就是要懷念去世者，怕這個怕那個，要保持距離，人又何必來，先人似生人勿近，又何必受此一拜？瓜瓜聲，一連串過世，是時間問題而已，正好演繹了「今夕吾軀歸故土，他朝君體也相同」的況味。掃墓其實另有一層意義，想到生不帶來死不帶走，能做一個好人就不枉了，先人若是在大有靈，也該老懷安息了，多好。

說到這裡，想起一個鬼故事。

有廣東朋友說在泰國酒店被鬼壓床，疲累不堪的他，在心裡碎碎唸道：「我都係嚟做嘢㗎咋，唔係嚟玩㗎，你放過我啦。」（我是來工作的，不是來玩的，你放過我吧！）對方沒反應，不答應。我這民俗專家對他說：「梗係啦，你應該先問問，阿鬼，你識唔識中文㗎？沒禮貌啊你。」（當然啦！你應該先問：阿鬼，你會不會中文啊？沒禮貌啊你。）

捉姦在床怎麼辦？

「你突然回家，門打開看到老公跟別的女人躺在床上。」該怎麼辦？

我們先不問吃愛情飯的專家達人，看看吃素的法師怎麼說。

台灣某大法師在法會時，如此開示陷於怨憎會之苦的信女：「你要馬上把門關起來，告訴自己：假的。是我自己眼睛業障重，然後在外面繼續打坐，唸阿彌陀佛。」

法師又補充說，「如果當真，你會很生氣。」我把法師之言當真，在腦裡演示一遍，還沒有生氣，又好似有一點點佛理。試想真實景況，我目睹姦情盛況後，在外面打坐唸佛號，唸著唸著，念及房裡兩條肉蟲在蠕動之色慾場面，悟到這只是表相，是兩堆蛋白質組合偶然遇上，再井噴出一堆蛋白質的現象，只是色；其本質，乃一時的因緣和合而生成，條件失去，隨即歸零，是為空，是假的。此外，裡面的老公跟情婦，聽見了房門開了又關，驚恐於東窗已然事發，慾望被秒殺，心靈與肉身同步龜縮，這場愛，造了等於沒造，所以也是假的。

各位，本人為這法師護他的法護到這裡，已經很吃力了。法師還說呢，「那個女人，是他前世的太太，你還是侵佔人家的咧！」真是前世，老公被人暫借用，正室倒成了小三，那要不要自動退出，登報道歉呢？阿彌陀佛，又來前世今生這一套，每每遇上飛來之橫禍、不測之難題，都以上輩子積來的孽去開解，真能解這心結還好，最怕只是用不知真假的前世「業績」，當鴉片吃，把現世當下的煩惱掃到了床底下。

「如果當真，你會很生氣」、「告訴自己，那是假的」、「那是前世所作事，今生活該受」，好，你道行高，老公有外遇雖然竟然居然給你弄真成假，然而真看化與自欺欺人，要問心，不能造假。那，之後真實的關係又如何繼續？感情是假的話，婚書還是真的，要不要毀約，也不能簡單說句如電光幻影就迴避處理，說一句官話「沒有補充」了事。

佛法教人滅苦破煩惱之道，可不是一味逃避現實，而是面對，接受，若以山寨版的色啊空啊糊弄自己，就更休談放下。色即是空、放下執著，可不是教你和稀泥度日。寫到這裡，我是當真生氣，我生氣怎麼辦？當那法師是假的，那番話也是誑語，不然呢？

退出江湖

曾在台灣不止一次遺失了手機，前幾次無驚也無險，原物就在店裡溫馨地等待我取回。但有次頗為肯定遺下在計程車上，如果司機沒及時發現，就看下一位乘客有沒有動力物歸原主了。在台灣警察廣播電台官網做了登記，等了一天，按個鍵上去尋找待領失物，原來像我隨處亂丟東西的人很多，同一天光是手機就有十多台。有了上幾回失而復得的經驗，沒有急著補領新電話卡，等了幾天，補領了新卡，才先借用朋友手機應付過去。台灣朋友後來告訴我，每次下計程車之前，保險些還是拿張收據好，上面印有車牌司機以及乘車時間，要找回失物，也有清楚根據，遊台朋友可記住了。

因為借用人家手機，那些通訊軟體就不重新設定了，等香港新機來了再弄。如此一台手機，真不能叫電話，現在沒人打來打去，都是 app 來 app 去，

line來line去，更何況許多相識都沒有號碼，只有驗證過屬於朋友的記錄。所以，拿著那部只能打電話的手機，跟外界失聯沒大分別。以前常常煩手機是種負擔，又愛取笑沒手機就沒心機沒生機的人，睡得不好還要把手機當枕邊人辦，現在好了，考驗來了，最初兩天但覺無機一身輕，有隱居世外之逍遙，第三天開始，出現坐立不安病徵，總想著有誰找過我呢？有沒有要緊事情耽誤了呢？別人找我我沒回應，會不會以為我不把他當一回事呢？

虧我以前對邊吃飯邊回訊息的手機控說：誰有那麼重要，不立即回覆不可，你又有多重要，吃半秒回覆，世界就因你而失陷？可不可以專心吃餐安樂茶飯？原來都是五十步笑一百步，終於按捺不住，要用古老的電郵通知幾個可能有事找我的人，說要緊事情暫時用電郵。一切恢復正常之後，只有line的帳號因為忘了密碼，不知何故又弄不回來，只能重新開個新戶，最初覺得這是重大的決定，彷彿把朋友都弄丟了，與斷交無異。後來想，一切歸零，朋友順其自然重新累計回來就好，找不著回不來的，若沒有從其他途徑大鑼大鼓找我，也沒甚麼損失。

恢復正常後，發出第一個訊息給朋友，朋友回我：「你終於重出江湖了。」現代的江湖在哪裡？得罪與被得罪、無端而起的恩怨，不就是在社交平台社交軟體上無風起浪？我退出了江湖共五天，在桃花源呼吸了不知秦漢的逍遙空氣，有點慚愧地，覺得重出這個江湖，像回復正常呼吸。

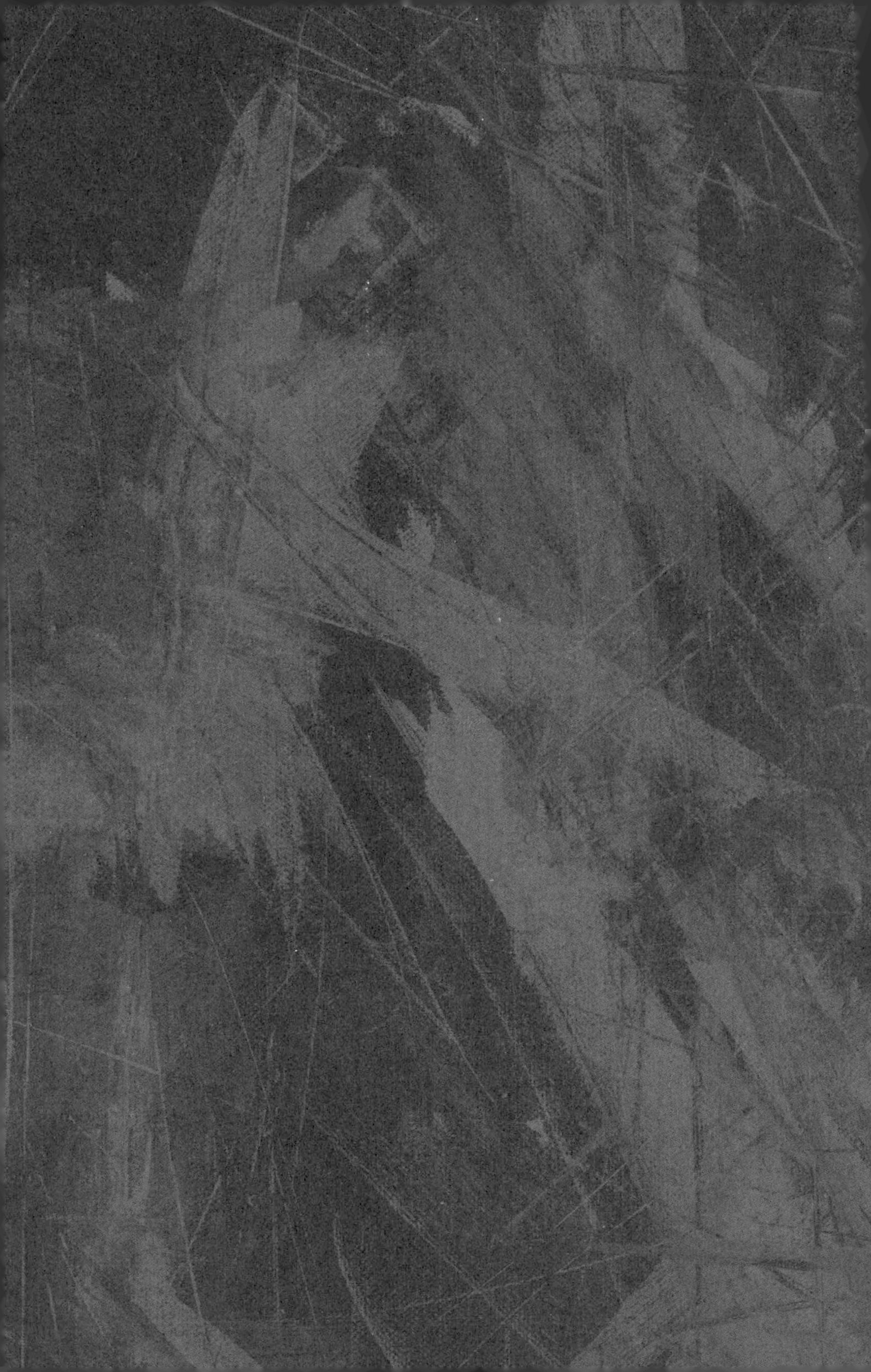

第七章

彼此都處身洪流

外出恐懼症

我知道我知道別說我不知道

門
就是矮一點的牆
開
只比鑽洞輕鬆點

廳
房
廚
廁
重重關卡一動一心跳

在臥室醒來
倒不如繼續
在臥室睡去

我了解我了解別說我不了解
比生命還大
的大門
走到電梯的路恍如隔世
一旦下樓一步一生
外出再歸來就是死了又要重生
分不出活得太累抑或死得太多

外面
有路有車還有
人

珍惜生命遠離眼神

我明白我明白別說我不明白
明明是
捨不得孤獨為王淪為人海一粟
明明只是
習慣了自囚多福
明明只是
懶於與空氣打交道

要開的不是門
是內藏過期蛋白質的保鮮袋
要拆的不是牆
是自己這副本來會動的
木乃伊

別以為我沒有曾經這樣過

道無名

有次在日本京都一人行，在地圖上看見有道路名曰「哲學大道」，也不管是否曾有哲人在此悟道論道，或有像智者如蘇格拉底那樣與學生邊談邊論道之類的逸事而得名，走一趟就是了。

走在那條山蔭小徑，沒有從鬱鬱黃花悟到甚麼般若智慧，只是想到很低層次「名」的問題，關於街道的名字。想起香港有些主要街道都是從英國歷任港督的洋名中譯了事，像彌敦道羅便臣道麥當勞道，有些是無心考究來源的英語中譯，如告士打道、梭士巴利道、盧押道、莊士敦道，毫無感情色彩，又陌生拗口，一條街道只落得一條街道，名字沒有為路名增添氣氛的附加價值。

不過想到台灣的大道，名仁愛，名忠孝，名信義，名建國，名敦化，名光復，名和平，又未免太大道了。不是不忘教化，就是背著使命的包袱，一路走來，活在其中，潛移默化，對名字或文字過敏的人，怕會步步為營，沒事人處在這氛圍當中，也會不自覺有修身治國疲勞感嗎？

說到底，從地圖看街道的名字，跟活在真實的街道是兩碼子事。一切過分的聯想都是多餘的，台北信義區是高貴地段的代表，信義信義叫慣了就不會再有信義帶來的壓力，正如香港一條不知出於何故何典而命名的利東街，因為有了風俗而多了囍帖街之名，再因為有了故事，即使依然叫利東，從此也色味雙全。

多虧有一種叫集體回憶的染料，為乏味或失效的名字添上感情。

不曉得有多少人知道台北陽明山是由蔣介石從草山改為陽明，只為老蔣自認是明代大哲學家教育家政治家王陽明的追隨者，為揚陽明之學，為紀陽明之名，陽明山外再添陽明山莊。

只是王陽明知行合一有我無我之心學，並沒有因此讓草山一夜間變成領悟「除心以外無外物」的聖地，反倒是悠閒度假吃土雞泡溫泉賞花之好去處，給招待在陽明山莊的貴賓大人物，也不會在籌劃計算時向王陽明取經。名字敵不過事件，敵不過生活。

「是否有人在單位內陳屍」

香港時有買錯凶宅事件，其實完全可以避免，只要苦主多走一步；這一步，可以是問銀行貸款事宜，等於查問吉凶，這一步，也可以是找到另一個有良心或是夠細心的代理，用腳趾頭想都猜到，他們跟銀行一樣，對宅之吉凶，瞭然於電腦檔案中。

代理收了買賣雙方佣金，除了做仲介人促成交易，幫買家詢問銀行估價也不為過，一估價，就連凶宅的凶度也評估出來，出了事，難道就不怕網絡公審，賠了聲譽，大名讓準客戶記住？

代理要考照，又有監管機構，該有條文寫明地產代理，要代客人打頭陣，對物業潛在狀況知無不言。論法規，香港理應比鄰近地區寫得明白，訂得明確，尤其買樓，在香港是甚麼大事？是奉獻一生，無論老病生死都要先照顧好供款的重大承諾，可偏偏在代理買家購房這方面，隔了個海峽，就距離台灣太遠。

此事在台灣會發生的機會比香港少很多很多，很多物業代理公司，會做足功課，看完房子以後，客人若對物業有點意思，會提供一份非常詳盡的「標的物現況說明書」，物業可能存在的各種不良狀況，達三四十項，若有，要勾出來，由屋主簽字證明背書；若日後有此項問題而沒有打勾，買賣合約可以作廢。

關於凶宅，其中一項是「本標的物專有部分內是否曾經發生兇殺、自殺、意外因素致死等情事？」兇殺自殺之外，我還看過一份註明「是否有人在單位內陳屍超過一天」，別說，答案雖然是「沒有」，光看著，寫得如此有畫面，心裡也起了疙瘩。宅會變凶的可能性，寫得那麼盡，屋主只能答是或否，怕現在流行的語言偽術，也不能以「我沒說過那裡沒有發生過，我不知道有這樣的事」胡混過去。因為，一切一查即知，屋主簽這份說明書，就有責任要知道。

至於該物業單位隔壁上下層，甚至整棟大廈的案底，物業仲介亦不敢隱瞞。曾看過一份「附加說明」，其中指該大廈幾年幾月曾有跳樓事件，由躍下起點到墮樓地點一覽無遺，更附上當年新聞連結，唯恐你不驚恐的樣子，當然，客人不怕，就皆大歡喜。我在香港是從來沒見過如此詳盡得嚇人的記錄，看完了，如看了一遍老房子的歷史檔案。

銀行最怕鬼

又有凶宅慘案，慘的是準買家，下了訂金，才找銀行問貸款，才知道銀行不貸款，因為同層有凶宅，上不了會（即申請貸款不成功），只好忍痛賠掉積攢了六年的首期，地產代理公司還要追他們的經紀佣金。

我真離地*，竟不知銀行比誰都怕鬼，怕到連同層的都不能貸款，會不會有一天，特別馳名特別凶的宅，連整棟大廈都拒絕貸款呢？畢竟是同一個大堂出入的，所謂低頭不見抬頭見……又會不會有天，抱歉，一定有的，物業本來無一物，忽然由吉變凶，有人在該大廈不自然死亡，這是連精算師都無法算出來的風險，銀行為安全起見，要不要定期搞愛惜自己以及他人生命，

---

*離地，廣東話用詞，意指「不食人間煙火」。

別自殺他殺，保住物業價值，免得全港業主債仔日後脫手難，拖累了債主呢？

對銀行來說，最怕供不起樓的窮鬼，怕難脫手，若有人肯買入，價錢又比市價低出一半，那又敢不敢貸款？這宅還凶不凶？做生意而已。

這宗變相騙案，除了教訓買家未談妥價錢先找銀行估價，再要上網找該大廈有關資料以外，打個名字進去而已，現在是凡走過必留下痕跡的年代，有誰走了，在哪裡走，怎麼走的，很大機會找得到。買家付經紀佣金，為甚麼要自行做這個功課？本來凶宅紀錄都在銀行手上，做經紀的不可能不知道，這也是他們責任所在。

據報導，苦主看房子時見單位內有巨型神像，又有燒香拜拜燻黑牆壁的痕跡，曾經起過疑心，經紀回應是：「放心，問過管理員，保證沒有。」

這經紀不懂語言偽術，公司回應才深得領導人真傳：已盡一切努力，確保投訴人所買單位並非凶宅。至於銀行審核貸款的準則，恕不評論。

是啊，世間事何曾盡如人意，盡了努力不代表一定達標，那也不是物業凶不凶的問題，是貸款的問題，批核是銀行的事，不關物業代理的事。地產代理監管局稱已立案調查投訴，然後呢？平均一年七宗，應該都沒有下文吧。

以往前輩傳授，最好認識一兩個相熟的醫生律師與會計師，其實他漏掉了地產經紀，所謂見面三分情，指望他於心不忍，略盡綿力幫你打開公司電腦記錄查查看吧。

住得好一點

一九九七年房市發瘋時，港人平均為安居之所要付出收入一半，現在的數據是四成多，這不止是一個衡量房價是否合理政府要不要出手的數字。收入一半甚或三分一用在住方面，影響也不只要衣食行少花點，令內部消費減弱，而是對生活方式的可能性拋下了一個金鐘罩，有二三十年的債背在後面，還可以自由自主到哪裡去？

還有，既然半生賺來的都給巧取豪奪慣了，可不可以犧牲得值得一點？住得好一點，寧可不要主題公設，讓房間放下一張床之後還有轉身之處就功德無量了。假豪宅最假的不是地點，而是呎數。號稱八百呎*大的也叫豪？那新加坡實用面積一千呎*的國宅好算甚麼？聽慣見慣八百呎豪宅，會讓港

---

*八百呎，約二十二坪；一千呎，約二十八坪

人慢慢認了命，以室雅何須大聊以自慰。小室不放任何東西當然可以雅，但當掛一幅畫也左右為難，即使偷得了一片牆角掛起來，空間比例不對，不知還能雅到哪裡去。

有朋友的夢想，不過是想養一缸魚，不貪心，兩呎長就好了，可還是不能遂願，因為在那間四百呎*的雅室內，放了張小沙發，小客廳就只能容得下旁邊一個放燈的小几，即使是一呎的魚缸，勉強掛到牆上，也興致盡失了。

也聽過很多朋友說一個人住一千呎，太大了。這當然是個人選擇，但只要不是長期為勢所迫而不自覺才好，如果我們可以有條件選擇住得寬敞一點，一個人享有一千呎的空間，真的太奢侈了嗎？那先看看千呎單位的管家房有多大，會不會讓異鄉人憋出情緒病才說吧。

*四百呎，約十一坪

空間與胸襟

當年有一個政府蓋的居屋樓盤*，建築商補地價後改為私人住宅，就是梁展文在任時負責商討地價那個，曾經鬧出很多新聞。種種聲音，都不及建築商高層自辯拆卸重建理由拋出的一句重話，可謂一語驚人：那地方小得不是人住的。

小得不是人住的房子，後來沒有拆掉重來，不是一樣改頭換臉改建成私樓以私樓價出售住人。高層說出這句大白話，叫居屋居民情何以堪，不曉得他是為拆建找理由而暴露了小城大機密，還是真的於心不忍而發。

內地劇《蝸居》有個守在釘子戶的老人家，打死不肯遷出，且若無其事說：老伴去世時，也沒怎麼哭，因為一想起從此可以伸直雙腳睡覺，心就舒

*居屋：社會住宅；樓盤：建案

坦了。

看到這裡，自然想起小得不是人住的名言。那個不能住的社區，後來有朋友租住下來，當然也住得好好的，也人模人樣的正常地活著，沒那麼嚴重。只是，又想起《蝸居》另一節，女主角生下了小孩，卻寧可忍受分離之苦，也要把小寶貝送回鄉下交給母親暫時撫養，理由是：小孩子在這樣擠逼的環境下長大，怕會影響到將來，胸襟也會變得狹窄。

活動空間與人的胸襟有沒有關係，不知道該交由哪一科專家去研究，只知道空間太小，鬧情緒時也有無處可逃的感覺。說到胸襟，建築商絕對該有讓人拍下自家商品的胸襟，甚麼設計師的版權云云，都是廢話，只許示範單位的廣角照遍布本港兩大地產報章及兩大地產代理網站，就不許買家拍照？關於現場度尺要預約，否則會亂了秩序，也是亂蓋，別鬧了，示範單位示範了裝潢擺設的無限可能性之後，再自行標示出尺寸，不就省事完事了？

示範單位示範了甚麼？

從枯木死灰中看見了生的可貴，從砌詞狡辯的論述中得到分辨是非的能力，由負面中撿拾到正面的鏡之碎片……由此路進，從半哄半騙的手法中找到進入夢幻世界的鑰匙，掌握到自我感覺良好的技術，那麼，對於地產商除了埋怨以外，還得心存一點點感激吧。

樓盤廣告，去蕪存菁，不方便說明的地點隻字不提，彷彿香港之大，莫非淨土，不是綠意圍繞，就是歐陸情懷。當中若有隱瞞部分事實的，都出於善意，讓未來安居的住客，經廣告片洗練過後，在斗室中活得很歐陸，在聯想力賣弄大有長進；正如有些人看歐洲藝術片，也只為沾點歐陸品味於身，能品出了甚麼味道，並不重要。何況，磚瓦是死的，情懷是活的也是虛的，遐想決定了同一個空間的觀感，是為把現實活化優化之道。

樓盤說明書的圖片，小字標明出自畫家或設計師的想像，每個屋苑都是傲然獨立在旁邊的留白中央，視現實環境礙眼的東西如無物，讓凡事能往好處想的人，更快有機會修煉到「心遠地自偏」、「物我兩忘」的境界。

最大功德，要歸功於示範單位。大眾在嚼甚麼舌根，嘮叨甚麼？有專業室內設計師為你示範如何「以小見大」，如何把有限空間無限化，還想怎樣？那可不是紙上談兵，而是在現場示範各種實用秘技的效果。是以參觀示範單位的常客，大有成為業餘設計師的條件，甚至成為有大智慧的人上人。

首先是學會鏡與玻璃的妙用。除了讓空間感擴大以外，明鏡包圍下，生活中每個動作每一刻都有攬鏡自照的效果，被迫時時刻刻自省，最後得到自知之明，寸金尺土都值了。

廁所衛浴皆為玻璃，於是在睡床上看破了對穢與淨的執見，床上人看如廁沐浴的人，大解的人看床上小睡的人，伴侶關係更見水乳交融。再者，培養光明正大地裸體的觀念，把人生赤條條來一絲不掛而去的想法身體力行，日後倘成為淫審署成員，即能避免許多大驚小怪的案例，社會上也少了許多偽君子與道德塔利班分子，功德無量。

然後，房間的牆壁都拆掉，僅餘的鏡牆內有機關可藏必要的雜物，因為要開關，外牆外面，也杜絕了添置一個裝飾櫃放裝飾物的念頭，再加上衣服都須要歪掛著的超薄型入牆衣櫥，如此一來，也失去了囿於物慾的條件，終於過著了無物累、無多餘身外物的簡樸生活。

以上所說種種得著，如果全都來自怪論思維，也正好證明現狀逼人到極至的逼力，不是逼人造反，就是逼人委屈到扭曲變形，逼到「不能改變現實，只好改變自己的心」這句心靈雞湯熬出來的老話，變成容忍不公義，說服自己消極被動自慰的幫兇。

台灣樓盤名，很想住吧

告訴別人我住在「海之戀」很難為情嗎？不會的，台灣墾丁也有一家民宿叫海之戀，雖然墾丁是個可以親近珊瑚的公園，可荃灣也是個灣，一樣可以戀愛上的。何況地產商是最會做生意的，樓盤名稱會影響到銷情的話，保證從此以後水之湄、山之嵐、風之谷系列絕跡江湖。有求才有供，買房子的人是預支未來的真金白銀投自己居所一票，若買家真覺得名字影響到自己形象，怎麼我們曾經有意見的樓盤都賣個滿堂紅？負責起名字的都是廣告企劃專才吧，應該很了解消費者心態才對，顧客需要甚麼，才會有甚麼，或者是，缺甚麼，就要甚麼。一個城市的樓盤名字，也可以反映當地文化。

大陸的我不熟悉，香港那些很威武的凱旋門、君臨天下其實比台灣慢了很多年，台北二十多年前就有同名的凱旋門君臨天下，另外一批走霸氣風的還有國硯、朕廈、天廈、陛廈，出入大堂時少一點王者氣度也對不起鄰居，手挽幾個透明塑膠袋外賣進電梯也許會有點心虛。最大地在我腳下的，首選吾疆，我的疆土，兼玩諧音，國語就是無疆，無疆無界莫非吾土，香港只有天比高可以一比。台灣文化比香港多元，自然不止華庭豪庭那幾道板斧，香港沒幾間美術館，台灣有好多，而且可以住人的。有朋友說他朋友住在國家美術館，最初不為意，還以為是宿舍，這好啊，可以天天逛逛，原來那大廈就叫國家美術館，還有敦南藝術館，嫌美術館不夠，索性可以住在叫久石讓的社區，立地成音樂人的樣子。

台灣是文青風的風眼，文藝色彩濃得化不開的一大堆：水沐青華、餘白、留白、俠隱、偕樂、心地居、六荷、高過岸、向陽、水調歌、過院來，還有一個叫素直的，諧音素質，但字面意思有樸素直接的味道，論意境，香港真是差了不止那一點點。很想住吧，光是名字，就弄得人要重新做人以配合自己居停的名字。朋友笑說，一般文青是住不起的，文中文老或者變文創商人可能有機會。還是古人幸福，蘇軾當年在東邊一塊山坡自耕，從此自號東坡居士，是人地合一。許多禪師也把自住地方跟自家名號混在一起，我最喜歡一個明朝法師，名洪恩，號雪浪，一般管他叫雪浪洪恩，他管他管轄的山叫雪浪山，真正做到天地人一體，比起用重金買間「水沐青華」，假裝住在北京清華園，買完「俠隱」可能得重出江湖付房貸，真是天與地之別。

西九*糾纏了那麼久，才忽然想起一個問題：甚麼是文化，甚麼才叫有文化。

琴棋書畫是文化，食衣住行都有其文化，連不文也有其文化，越想越化，越不明白，為甚麼香港曾背著文化沙漠之名。

說這句話的人，多是文化人；文化後加個「人」字，約定俗成主要指會舞文弄墨的人。香港的文人，確實跟商人不成比例，可是隨便一數，逝世的梁羽生先生，是新派武俠小說的開山祖，那些學院派的權威，對武俠小說抱有偏見，不算是文學；那麼，金庸又如何，金學在內地與台灣火熱朝天，武俠小說在一個「學」字的背書下，誰說香港出不了大作家？是個文化沙漠？

這個沙漠，其實不是沒有獨秀的仙人掌，只是論到培養大作家大學者的土壤，那養分，卻真是貧乏如沙漠。

這些大師，例如「心經簡林」的原發人國學大師饒宗頤、中大新亞書院創辦人一代宗師錢穆，都是從民國時期連人帶文移民到香港的。這些學人在港努力耕耘，意圖開花結果，可惜的是，文化移植不但是百年樹人的事，也要講水土服不服。

在一個從漁港出身地產起家金融力撐起來的商業社會，甚麼國學文化，都成了奢侈的事。這樣一個社會文化，把大學教育視為高薪職業先修科，有志於文字文學的有心人，付出的代價是在窮得剩下錢的氣氛下，抵受物質的誘惑安身樂道。

* 西九文化區，位於香港維港海旁，園區面積達 23 公頃的自由空間，用以舉辦不同類型文化活動。

於是，從八大山人的畫中看出學問來的，要從印刷品中看；買得起真蹟的，又大多沒有功夫時間培養出欣賞的能力，從拍賣會買回來不是為了炫耀就是為投資等增值，不然就是在金屋中藏嬌之餘也藏一點文雅，是為附庸風雅。至於文學作品，更比魚翅撈飯更奢侈，看金庸不如看金融。

想提升掙錢能力要講求效率，想擁有看出啟功書法書畫合一的能力，需要閒情。在這樣的土壤中播下了這種含雌激素的養分，即使有條件享有閒情，也只會用在Spa裡面來個全身按摩，這不是閒情，這是忙於提升物質生活水準後，還肉身疲勞的債。

沙漠形成擴展，是因為樹木少而沒有長得夠深根，有限的有心人，想移植髮菜擋住沙塵暴，也只能建立一個孤獨的綠洲。

商場考察遊

很久沒逛過香港高檔的大型商場了，一個字：悶啊。每個場除了地點與名稱有分別之外，跟新蓋的偽豪宅一個德性，像一個模倒出來一樣；裝潢風格因為緊隨潮流，於是除內容一樣，有資格進駐的都是同一批名牌外，連逛不同商場感受不同空間的樂趣也同歸於盡了。

但是，如果抱著考察的心態去出巡，就有趣有戲得多了。最近在飯店咖啡廳與人假裝開會後得了空閒，便巡視他人業務去也。果然山中已千年，這奢華小世界的倖存者也如一日，都是那些老字號，還沒有一個本地品牌能立足這個富貴園。無心接受那買下非必需奢侈品誘惑的話，橫衝直撞亂繞幾個圈就可以完事了。

得著是：有錢人虧損再多，看見那些名店名牌用來自托身價的價錢牌，還是覺得小菜一碟而已。經濟低迷消費信心如何下降，最不受影響的就是頂級高端奢侈品，從財經雜誌看到的這個理論，果然有它的道理。

然後，讓我們來巡視中低檔的商場。每次巡場時，我都特別鍾情於那些看得出是自家經營的小店，缺德點説，是想從他們賣的貨色，猜猜這門生意在這個租值的場中能生存多久，能支持他們經營下去的，又是些甚麼人。

這個好像不懷好意的競猜遊戲，可好玩得緊。有次在沙田一個大場，看到整層以家具及室內設計為主的小店，有些賣的貨幾乎跟上環盡處新興的精品店一模一樣，一眼便看出那些玩設計的小燈飾來自英國同一間小廠，而那些好像很有時尚感的地毯全來自泰國。

下一類別，中國仿古家具，那是來自中山珠海東莞一帶的工場。這類小店交的是沙田的租，定價卻是中上環及灣仔內街的水準，理應有利可圖；存疑的是，該區該階層的人，家居呎數能容納那些張開來有五呎長的屏風嗎？仿古中式家具是他們那杯茶嗎？所以，我決定很無聊地也很有意義地半年後再次出巡，然後應該有所得著。

得著的是不同香港人的口味。很多時候，一個城市的品味，並不能憑外觀決定，因為決定者很可能是掌握了市容的一小撮人。最能反映小市民的口味眼光的，就是看不同檔次不同風格的店鋪在不同區域的下場。

例如，花墟一帶越來越旺，開始向運動場道擴張版圖，我留意到的是賣假花的比從前少了，而且最重要的是，花以外，新進場經營中式盆景，小石山加迷你樹的都做得很不錯的樣子。

這得著是：一是生活玩意也玩起歌詞的中國風了，二是內地移民開始發揮消費的力量了。其中有一間更開在租金較高的太子道。賣的是江西景德鎮頂級的瓷器，一個成色不俗的正黃瓷盆，開價要八千港元，還兼售台灣藝術家的雕塑，以至更冷門的舊船木品，價格以萬計；不明白的是，去花墟的人不會接受這個消費，找這些貨的人，也另有途徑，所以我把這家店列為長期觀察對象，能長久生存下去的話，也是個值得研究個案。

商場考察報告完畢。

死後的貧富懸殊

很多在生的港人，要住得有尊嚴，是個首要難題，而為了買這個尊嚴，更可能須要犧牲更多尊嚴。想不到去世的人，讓後代懷念，也要講尊嚴，而這尊嚴費，將越來越貴，死後的人將為在生者自住以外帶來另一個難題。

如果不是那間販賣大量靈骨塔的佛堂遭人淋漆，也不知道靈位也有高低之分，價錢由六萬起，最貴可達十幾萬港元。

不問可知，豪華位應該就是處於整幅靈牆的正中當眼位置，子孫來拜祭時比較方便，不像只負擔得起經濟位的後人，讓先人住在不顯眼處，不是從高處俯視祖先有不孝之嫌，就是昂起頭仰望高如泰山的牌位有弄歪脖子之虞。

土葬還是主流的時代，所謂風光大葬，貴價棺木絕不可少，那時已覺得這個已經夠無謂的了，在葬禮中霎眼而過的棺木，誰分得清木材有多矜貴？過後長埋地下，也直如錦衣夜行，死後住得豪一點，也不知豪給誰看。

等到如今，現實環境讓火葬成風，不能讓先人土葬也不算不孝了，想不到，在不易居的城市，死後還是不易安。生前跟人競爭了一輩子，死後也要在眾目睽睽下比較到永遠。

打著佛堂的名號經營死人生意也無話可說，最不該的是要把靈位分價格，讓先人不得安寧，一眾後人也為一個虛位而出了貧富懸殊現象。

多虧消委會，知道有些私營靈骨塔的特色塔位已叫價到四十多萬港元一個，比從前將軍澳一個墳地永久價還要高上好幾倍，隨著人口老化，陰宅地產業果然大有可為。

花不起錢的孝子賢孫，要讓祖先早點上車，也許只有說服老人家百無禁忌，預早報名買這些不能中途更改戶主姓名的樓花*了。若然真的無能為力，要等公營的，一般要等上三四年，那麼骨灰只能暫放家中，其實，這又有甚麼損失，有甚麼不妥當的？

是有骨灰放家中有礙風水的說法，可是不放不放都放三幾年了，風水給

*樓花：預售屋

影響了都影響了，那些粉末，誓要在外面找個地方安放，說實在，是又敬又怕的心理吧。

如果是這樣，讓先人火葬後為甚麼不索性再來個海葬？既已從守孝三年及土葬為大的枷鎖解放出來了，把骨灰撒向大海，還是將之保存在一個不敢留在家中的盛器又有甚麼分別？又不見得花錢買了個位後會有機會有需要有膽量再次開啟瓶蓋，打攪那灰燼。目前火葬後的遺體只有一成不到選用廉宜得多的海葬服務，可見飯要一口一口吃，觀念也真的要一代一代的轉移，有鄧小平與周恩來兩位大人物做了表率還是不成。

賣身葬父這樣荒謬的故事，竟然也曾成為彰顯孝道的美談，中國很多傳統的禮儀，也真無奇不有。那為人父者若地下有知，女兒因一個儀式而終身為奴，安葬後真的能安然？今天很多人都為陽宅而賣身，已讓人受夠了，陰宅所費，若然也足以讓子孫到外國留學，疼愛後代的先人會怎麼想？

不方便的疑問

每逢清明重陽二節，便一年二度對祭祖之禮儀有話想講，但只能公開講，反而不能私下向長輩講，否則……嘿嘿。

首先，為甚麼在這兩個節日要祭祖，平常日子祭得再誠心都不能算數。這兩個節日的典故有何地位，高到可以決定後人自選慎終追遠的權利？過往母親很堅持在正日墳場封路的日子舉家出動，自從有年排隊坐公車上山排了好久，她老人家也不耐煩極了，便將就將就，容許我們挑閒日行事，不趁那集體回憶先人的墟。可就是不敢問，既不是正日，為甚麼不可以是年中任何一日？

然後，每次在墳場拜祭完先父，又要去一道觀對著父親的牌位再燒香拜拜一番，禮多先人不怪，不明白的是那塔位屬極高層單位，遠看瓷片上的容貌模糊得不明不白，而後面也沒有安放任何與父親有關的物件，無骨也無灰，在道觀裡燒香，跟在家裡對遺照燒有甚麼分別？若說在道觀中燒會特靈特虔誠，我第一個不信。

那麼，買個塔位擠在一眾往生者的照片中，是想圖個熱鬧讓他們相互作伴？這就更不可解了，是因為心存忌諱而不敢把遺照放家中讓子孫時刻慎終追遠，寧願讓先人與陌生人共處？那不過是塊瓷片，不是甚麼骨灰龕，怕甚麼又為甚麼？但這些疑問是不方便問的，老一輩根深蒂固的觀念，不跟你來這一套。

聽那間遭淋漆的佛堂大老闆說，他們服務周到，會定期供奉鮮果，便覺孝不是這樣盡的。那是用錢僱人代勞，祭祖變成行禮如儀，如果真心相信放在祖先面前的水果真能讓亡魂嚐鮮，為甚麼不在家中天天供奉？

大城不小事

環保，不止於還一個碧海藍天，保住外在的美麗，而是要保護地球的環境平衡得以永續，把我們的生活方式來一個觀念上的改變。

正如保育文化遺產，特別是建築。究竟有多少人是為了不想記錄著建築發展史的舊建築一座座變身千篇一律的鋁窗落地玻璃，想經過囍帖街時讓肉眼感受到粵語長片的風味，然後便很滿足地說：這是一個有回憶的城市。又有多少人，真心嚮往住在這些舊式建築裡？我意思是說，假設有新樓盤的設計居然是老房子的格局，沒有落地窗，卻有一排寬大高的窗，窗花是最簡潔的橫直線條，對，是木造的，是價值不菲的防水木，大廳地板並非豪宅一律的人造大理石，而是連新一代裝潢師傅也不懂或怕麻煩的水磨石。真有這樣不符合現代典型豪宅標準的樓盤，保育聲音高唱入雲下也會有萬人空巷排隊認購嗎？買貨人會出手嗎？貴婦們會豪氣干雲掃入十戶等增值嗎？會有增值潛力嗎？

對不起，這些問號，這個實驗，在香港並沒有用實踐來檢驗答案的機會。我們的屏風樓有怪莫怪，誰肯忍手不貪盡那地積比例？但用同樣的成本，總可帶來不一樣的風格與色調吧？所謂特色房型，大都只是頂樓連天台，樓高比下面的都要高，每呎賣貴一半很常見。為甚麼中低層的不可以有更多特色的房型？別說特色，幾乎憑新樓盤的木地板用哪種木料染哪種顏色，就可以判定是哪一間發展商的樓盤，不為甚麼，因為他們一次大量購買相同的材料可省更多成本。

要說企業責任，發展商不把最低利潤苦著臉鎖定在百分之二十，還家居風格多元化選擇給供奉一生的屋主，也算是對社會的一種責任吧。究竟是發展商一廂情願地相信要這樣的公式才能吸引買家，還是真的做過市場調查，非這樣不能稱之為豪宅？有甚麼樣人民就有甚麼樣的政府，把這句話放在房地產市場，難道現在的建築風格就是我們對住宅的品味？地產商可沒有給屋主們選擇權，連用錢來投票的機會都沒有。

每次坐飛機上京，便氣一次。路過必經的九龍西北，沿路不管改得上天下地的名稱，廣告有多少洋人做樣板，樣板就是樣板，從建材到設計都沒有分別，形成一幅幅沉悶的板塊包裹著這個日趨沉悶而單一化的市容。到下飛機後，眼看著北京的新蓋民居與商業大樓都各有特色，就氣憤我們的都市一點都不國際。別提水立方與鳥巢，人家一樣有四合院，長城下有新蓋的中西新舊合璧的小型酒店。一樣造價不菲，中央電視台大樓是兩幢傾斜而在半空中交接的合體，我們的國金二期，除了高就是高，中銀與匯豐總行是很罕見的。大財團貪小便宜有可能比填海更快糟蹋了得天獨厚的維多利亞港。

黑夜從未如此光明過

「地球一小時」活動日，呼籲各大城市在當晚熄燈一小時，過去所見，身體力行參與這活動的，主要是不好意思不響應的大機構，於是，那一個小時內，黑得比較顯眼的只得商廈及公共建築的燈飾。如果沒有留意到媒體的報導，走過中環，夠敏感的人可能只會有一點訝異，夜怎麼好像比平常黑了些。這樣就能提醒我們要節約能源了嗎？

如果能源給耗用殆盡就是末世，治末世，得用重典，不如全球政府忽然集體專政一下，強制全人類烏燈黑火一小時。一小時，會帶來多少經濟損失，讓多少人的生活帶來不便？損失就損失，不損失一下，就不會感受到盲目發展下去，將來可能會活在夜盲中。一家人在暗室中不開燈，不開電視電腦一小時，也真是千載難逢；被迫在沉默的尷尬中講一些與聲色喧鬧時不一樣的話，一年一度不欺暗室，才會銘記有這個活動日。

想想看，走在街上，連街燈都休息，夜色還為秦時明月的夜色，好哇，唸了那麼久「床前明月光，疑是地上霜」的境界，都是白唸的。平日在一個以燈火燦爛為繁華標記的城市，何來機會品嚐過月色，發現不夜天不是唯一的好景，反而是用下一代的生存資源，製造現世多餘的光明。

然後，就在這半個時辰裡，藉谷歌實時衛星地圖，拍出一個黑壓壓的半個地球，燈火闌珊處凸顯了在救治病人的一點光，再把這圖片廣發開去。黑地球，從未如此光明過。

世界不管怎樣荒涼

世界不管怎樣荒涼
愛過你就不怕孤單
我最親愛的
你過的怎麼樣
沒我的日子
你別來無恙
依然親愛的
我沒讓你失望
讓我親一親
像過去一樣

尼采與我們如是說

尼采如是說
當你凝望深淵
深淵也在凝視你

你如是說
深淵若有微光
互相對望到目眩又何妨
問題是
誰要做那個跳下去
與光同坐而出不來的人

我如是說
盯著黑色
就只是一片黑
黑到深處不知深
井口與井底無異
問題是
誰願意做第一個躍下去
喊出深淵有多深的人

尼采最後瘋掉了
我或你如是說
我們不指望超人
只求有

抵抗黑暗的定力
與光殉葬的勇氣
凝望深淵
深淵也在考驗我們
要不要用肉身
填平它

國家圖書館出版品預行編目（CIP）資料

給生活撐起一葉舟 / 林夕作.
--初版. -- 台北市：香港商亮光文化有限公司台灣分公司，2024.2
面；公分 --（詩集）
ISBN 978-626-96934-4-3（平裝）

855　　112006936

給生活撐起一葉舟

作者　林夕

主編　林慶儀
出版　香港商亮光文化有限公司 台灣分公司
Enlighten & Fish Ltd (HK) Taiwan Branch
設計/製作　亮光文創有限公司
地址　台北市大安區敦化南路一段170號2樓
電話　（886）85228773
傳真　（886）85228771
電郵　info@enlightenfish.com.tw
網址　signer.com.hk
Facebook　www.facebook.com/TWenlightenfish

出版日期　二〇二四年二月初版

ISBN　978-626-96934-4-3
定價　NTD$450 / HKD$138